KB114245

덤비지 마!

FUSION FANTASTIC STORY

무람 장편 소설

덤비지 마! 3

무람 장편 소설

초판 1쇄 찍은 날 § 2014년 1월 24일
초판 1쇄 펴낸 날 § 2014년 2월 3일

지은이 § 무람
펴낸이 § 서경석

편집부장 § 권태완
편집책임 § 어정원

펴낸곳 § 도서출판 청어람
등록번호 § 제1081-1-89호
등록일자 § 1999. 5. 31
어람번호 § 제1-1765호

주소 § 경기도 부천시 원미구 심곡2동 163-2 서경B/D 3F (우) 420-822
전화 § 032-656-4452 팩스 § 032-656-4453
http://www.chungeoram.com
E-mail § chungeorambook@daum.net

CONTENTS

제1장 위기를 느끼다

상수가 새로운 직장에 적응하기 위해 열심히 공부하며 배우고 있을 무렵, 그런 상수를 찾고 있는 이들이 있었다.

바로 국정원의 이태수 과장이었다.

"아직 무슨 소식이 없나?"

"주민 등록지를 옮기지 않고 이사를 간 모양입니다. 주소와는 다른 곳에 살고 있을 것 같습니다."

한국 사람이 주소지와 다른 곳에 산다는 것은 찾기도 쉽지 않다는 말이었다.

"이거 골치 아픈 일을 하게 된 것이 아닌지 모르겠네. 아무튼 최대한 놈이 있는 위치를 찾아야 하니 정보력을 모아봐."

"알겠습니다. 그런데 누굽니까?"

"나도 잘 모르니 묻지 말고 놈의 위치만 알아봐."

이 과장의 대답에 수하는 의문스러운 눈빛을 보였다가 이내 자리를 떴다.

상수는 일전에 암살자들이 온 이후로는 주소를 다른 곳으로 옮기고 사는 곳을 아무도 알지 못하도록 신경을 쓰고 있었다.

물론 자신의 인상착의를 보고 찾을 수가 있다고는 하지만 그렇게 찾는다면 자신도 방법이 없었다.

그러나 상수가 여기에 신경을 쓰지 못하는 진짜 이유는 따로 있었다.

새롭게 맞이한 직장 생활.

상수는 치열하게 새로운 직장에서의 삶에 집중하는 중이었다.

상수의 직장 적응은 아직 못한 상황이지만 나름 열심히 하다 보니 조금씩 인정을 받고 있었다.

그리고 무엇보다 뛰어난 통역 실력 덕분에 지사장 리처드도 인정하고 있었다.

그리고 무엇보다 과장급들과의 불화가 생기지 않도록 최

대한 노력하고 있었다.

'아유, 이거도 보통 일이 아니네. 사람 사는 것은 다 같다고 생각했는데 이거 위의 눈치를 보아야지 밑의 사람들도 눈치를 보고 있으니 나 참 죽을 맛이네.'

상수는 과장이라고는 하지만, 어찌 되었든 자신보다는 나이가 많은 사람들이기에 서로 불편하지 않도록 상수가 먼저 존대를 하고 있었다.

물론 상대 또한 마찬가지로 존대로 서로 응대하고는 있다.

그러나 낙하산이라는 것에 대한 불편한 인식 때문일까.

상수를 바라보는 이들의 눈빛은 결코 호의적이지 않고, 그를 깔보고 있음이 여실히 느껴지는 시선이 있었다.

나름의 텃세가 분명하기에 속으로 기분이 나빴지만 내색하지 않는 상수였다.

자신을 취직할 수 있도록 도움을 준 리처드 지사장에 대한 좋은 인식을 남겨야 한다는 생각에 참는 것이다.

막말로 한방거리도 되지 않는 인간들이라고 생각하면서 말이다.

"정 차장님, 오늘 저녁에 다른 일이 없으면 지사장님이 함께하자고 하시는데요?"

상수를 보고 여사원이 지사장의 지시를 전했다.

"그래요? 오늘은 특별히 일이 없으니 그렇게 하겠다고 전해 줘요."

상수의 대답에 여사원은 상수를 보며 눈웃음을 치며 대답을 하였다.

"넹, 알았어요."

여사원들이 상수에게 가진 호감은 상당히 높았다.

젊은 나이에 지사장에게 발탁되어 차장이 된 남자.

여러 언어를 아주 능수능란하게 하는 그 모습은 직장 내 여사원들의 호감을 끌어 모았고, 그를 은근히 유혹하는 직원들이 생길 정도로 인기는 식을 줄 몰랐다.

그렇다 보니 연일 이런 매혹적인 웃음을 짓고 있는 것이다.

특히 저렇게 코맹맹이 소리를 하는 여사원을 보면 상수는 속으로 웃음이 나왔다.

'하하하, 나도 이렇게 인기남이 되었네. 전 같으면 그저 평범한 한 남자였는데 말이야.'

상수는 문신의 힘을 얻고 나서는 완전히 새로운 인생을 사는 기분이었다.

그렇다고 그 힘을 나쁜 일에 사용하고 싶지는 않았다.

상수가 무슨 정의의 사도인 것도 아니고, 문신의 힘이나 자신에게 벌어진 일을 남들에게 공개할 수 있는 것도 못 된다.

만약 자신에게 벌어진 일이 알려지게 되기라도 한다면 어쩌면 각국의 실험체가 되고도 남을지도 모를 일이기에 상수는 최대한 조심하고 있었다.

몸을 잘 사려야 나중에 기회라도 있지, 그렇지 않으면 아마도 상수의 신세는 예전보다 더 비참해질지도 모른다는 묘한 불안감이 그에게 있었다.

저녁 시간이 되자 상수는 하던 일을 마무리하고 지사장이 있는 사무실로 갔다.

똑똑.

"들어와요."

문을 열고 안으로 들어간 상수는 다른 사람과 함께 있는 지사장을 발견할 수 있었다.

"지사장님, 오늘 일을 마무리하고 오는 길입니다."

"아, 저도 방금 일을 마쳤으니 우리 함께 나가지요. 그리고 여기 이분은 우리의 거래처에 계시는 이창섭이라고 하는 분입니다."

리처드는 상수에게 상대의 신분을 알려주었다.

상수는 지사장이 소개를 하니 상대에게 인사하지 않을 수가 없었다.

"안녕하십니까. 정상수라고 합니다."

"예, 반갑습니다. 이창섭이라고 합니다."

둘은 그렇게 인사를 하고 리처드를 따라 회사를 나가게 되었다.

리처드가 오늘 상수를 데리고 가려는 이유는 바로 만나야 하는 외국에서 찾아온 손님이 있기 때문이었다.

갑자기 찾아온 손님이기 때문에 바로 통역사가 필요한 상황이었고, 상대가 영어권 생활자가 아니기에 상수의 존재가 절실했던 것.

그러나 상수의 능력을 믿는 리처드기에 그는 큰 걱정을 하지 않고 여유로운 모습을 보이고 있었다.

그러나 상세한 이야기를 전달받지 않은 상수로선 그저 의아할 따름이었다.

분위기를 봐선 중요한 미팅이 있는 것이 분명해 보이는데, 자신이 이곳에 끼게 된 이유를 몰랐다.

이창섭이라는 사람이 언어 번역이 필요한 상대도 아니었고, 너무나 손쉽게 서로 영어로 대화하는 걸 봐선 자신은 꿔다 놓은 보릿자루가 분명한데…….

'아니, 저녁을 먹을 거면 둘이 그냥 먹으면 되지, 왜 나를……?'

상수가 혼자 그런 의문에 쌓여 갈 무렵, 상수의 분위기를 눈치챈 리처드가 특유의 미소를 지으며 차분히 입을 열었다.

"정 차장. 갑작스러운 호출에 놀랐을 겁니다. 일정에 없던 일일 텐데 미안하군요."

"아닙니다, 리처드."

"정 차장이 꼭 필요한 자리가 있어서 이렇게 가게 되었습니다. 이해 바랍니다."

"제가 필요한 자리라 하셨습니까?"

"오늘 급하게 오신 귀한 손님이 있습니다. 때문에 함께 움직이는 겁니다."

리처드의 말에 상수는 자신이 필요한 이유를 바로 알아차리고 고개를 끄덕였다.

"아, 그런 일이라면 어떤 건지 알 것 같습니다. 어느 곳에서 오신 분이십니까?"

"사우디입니다. 그래서 갑자기 통역이 필요해 진 거죠. 그렇다 보니 능력있는 정 차장이 필요했습니다. 그리고 정 차장에게 여러 사람을 만날 수 있는 기회를 만들어주려 하는 것이기도 하고요."

상수가 7개 국어를 할 수 있다는 사실을 알기에 리처드는 그런 상수를 남들에게 제대로 소개해 주고 싶은 마음이 있었다.

아직 이 계통의 업무에 대해서는 부족한 면이 많고, 아직 개화하지 않은 꽃봉우리와 같았다.

그러나 상수가 가지고 있는 발군의 능력이라면 분명한 경쟁력을 가지고 있다 말할 수 있다.

무역업이란 본디 그 지역의 문화를 이해하고 언어를 이해하는 사람일수록 그 지역 업체의 마음을 얻을 가능성이 높아지는 건 어쩔 수 없다.

그리고 언어의 소통이 원활하다는 것은 오해의 소지를 줄이고 협상에서 우위를 점할 수 있다는 것 또한 뜻한다.

그런 점에서 볼 때 상수는 매우 강한 무기를 가지고 있다.

리처드 자신이 아랍어를 할 수 있음에도 불구하고 상수를 데려가는 것은 바로 이런 부분 때문이다.

자신보다 월등히 원어민과 다를 바 없는 어휘 구사를 해내는 상수라면 모든 건 수월하게 해결되리라 여기는 그다.

무엇보다 실질적으로 업무를 배우는 속도를 봤을 때 리처드는 상수에게 매우 높은 점수를 주고 있었다.

상당히 빠른 학습과 노력이 엿보여 그의 가치는 상당한 수준이라 리처드는 판단했다.

본인 스스로가 이러한 점을 인식하게 되면 지금과는 또 다른 모습을 보여줄 것이라 리처드는 확신하고 있었다.

그만큼 상수에게는 잠재적인 부분이 많다고 생각하는 리처드였다.

"그러면 저는 가서 통역을 하면 되는 겁니까?"

"예, 저기 오신 창섭 씨의 말을 그대로 전해주기만 하면 됩니다."

상수는 창섭이 온 이유를 이제야 알게 되었다.

상수가 생각하기엔 거래처인 창섭의 회사에 도움을 주고 이에 따른 이득을 얻으려는 계산이 깔려 있음을 알아차리니 것이다.

사업에는 절대로 공짜가 없다.

상수는 이 진리를 업무를 배우는 과정에 뼈저리게 깨달을 수 있었다.

'흠, 저 거래선에서는 어떤 이득을 보는 걸까?'

상수는 속으로 그런 생각을 하였지만 겉으로는 아무런 내색도 하지 않았다.

그렇게 그들의 시간은 흘러가고 있었다.

한편, 창섭은 상수가 통역을 한다고 하니 조금은 놀란 얼굴을 하였다.

아랍어를 통역할 상대로 데려간다는 것은 그만큼 상수라는 사내의 솜씨가 뛰어난 게 분명해 보였다.

창섭이 알기로는 리처드 또한 아랍어를 어느 정도 할 줄 아는 것으로 알고 있다.

그런 리처드가 당당하게 내세우는 솜씨라면 기대해 봐도 좋을 거란 생각이 들기까지 한다.

그런 창섭의 생각을 읽었던 것일까.

리처드가 조용히 미소를 지으며 상수를 다시금 소개했다.

"우리 정 차장은 모두 7개 국어를 사용할 수가 있는 고급 인력입니다. 창섭 씨."

"예에? 정말 7개 국어를 할 줄 안다는 말입니까?"

창섭은 7개 국어라는 말에는 진심으로 놀라지 않을 수가 없었다.

"예, 사실입니다."

"아니, 실례지만 학교는 어디를 나오셨습니까?"

한국에서 살아가는 데 있어 능력있는 사람에게 가장 먼저 질문하는 것이 하나 있다.

그것은 다름 아닌 출신 학교, 즉 학벌이다.

학업 인프라가 강하고, 학벌에 따른 편차가 큰 나라이다 보니 이는 유달리 강조되는 부분이기도 했다.

이에 따라 사람에 대한 대접이 확연하게 달라졌기 때문이다.

상수는 질문을 받고는 곤란한 표정을 지은 채 말을 하지 않았다.

리처드는 그런 상수를 보며 부드러운 미소를 지었다.

"우리 정 차장님에 대해서는 비밀로 하고 있으니 더 이상의 곤란한 질문은 피해 주시기를 바랍니다."

리처드가 곤란해하는 상수를 돕기 위해 던진 발언이었다.

그러나 이 말에 창섭은 다시 한 번 놀라 입을 다물 수밖에 없었다.

카베인은 미국에서도 제법 잘나가는 다국적기업 중에 하나다.

그런 기업에서 비밀로 인재를 키우고 있다는 의미로 해석이 된 것이다.

이는 그만큼 상수라는 남자가 카베인에서 중요한 자리를 차지하게 될 것이라는 의미로도 들린 것이다.

상수는 리처드가 자신을 좋게 포장을 해주니 고마운 눈빛으로 바라보았다.

하지만 리처드는 진심으로 상수에게 큰 호감을 가지고 있었다.

상수의 가치를 높게 보고, 잘만 한다면 회사의 사장 자리도 능히 차지할 수 있는 남자라 생각하는 리처드였다.

얼마 되지 않는 업무에 따른 평가, 그리고 다양한 언어와 사람을 대하는 방식과 능력, 그 모든 점에서 리처드의 상업적 감각을 자극하는 것이 상수에게 있기에 가능한 이야기였다.

'당신에게 기회가 오기는 했지만, 우선은 제대로 된 배움이 있어야 할 겁니다. 그 배움만 잘하면 당신은 생각지도 못한 자리에 있게 될 겁니다. 이는 내가 보장을 하지요.'

리처드는 진심으로 상수를 그렇게 보고 있었다.

리처드가 비록 미국인이기는 하지만, 인재를 두고 그냥 지나칠 정도는 아니었다.

그리고 카베인이라는 다국적 기업은 그만큼 여러 나라에서 다양한 문화를 가진 이들을 상대한다.

이는 저마다 자신의 능력을 다양하게 발휘하는 다국적인들이 모여 있다는 의미이며, 그 안에서 언어를 통합할 수 있는 상수의 역량은 큰 빛을 발할 것이 자명하다.

또한 그런 만큼 능력 우선주의라는 말이었다.

그러니 상수도 자신의 능력을 개발만 하면 엄청난 수직상승의 기회가 있다는 말이었다.

리처드는 그런 기회를 상수에게 제공해 주려고 하는 것이다.

어쨌거나 그들은 약속한 장소에 도착할 수 있었고, 주차장에 다다랐을 때 직원이 다가와 차를 세웠다.

"잠시 멈춰 주세요."

창섭은 빠르게 창문을 열고 남자를 보며 말을 했다.

"오늘 장미관을 예약한 분들이십니다."

창섭의 말에 남자는 바로 정중하게 인사를 하였다.

"아, 그러시군요. 저기 보이는 곳에 주차를 하십시오."

상수 일행은 주차를 시키고 바로 차에서 내렸다.

안내 직원이 차를 주차시키는 동안 내부로 연락을 하였는지 또 다른 남자가 일행이 있는 곳으로 다가오고 있었다.

"제가 안내를 해드리겠습니다."

"알았습니다."

상수는 안내를 받는 음식점이 있다는 소리를 말로만 들었는데 막상 눈으로 보니 이거는 정말 장난이 아니라는 생각이 들었다.

안에는 상당수의 경비가 자리를 지키고 있는 것이 기감에 걸렸기 때문이다.

'그거 참, 여기가 무슨 조직도 아니고 이렇게 많은 경비를 두어야 하는가?'

상수는 그렇게 생각하며 안으로 들어가게 되었다.

장미관으로 안내를 받아 안으로 들어가니 한 여자가 한복을 곱게 입고 인사하며 그들을 마중했다.

"어머, 이사님, 오랜만에 오셨네요."

상수는 이사라는 호칭에 처음에는 리처드를 부르는 줄 알았다.

하지만 이내 리처드가 아닌 창섭을 부른 소리라는 것을 깨닫는 데에는 얼마 시간이 걸리지 않았다.

"오늘 중요한 손님이 오시니 최대한 신경을 써주시오. 한 마담."

"걱정 마세요. 최고로 준비를 해두었어요."

한 마담이라는 여자는 묘한 열기가 넘치는 눈웃음을 치고 있었다.

아마도 어지간한 남자는 저 웃음에 속아 넘어갈 정도로 한 마담의 눈웃음은 치명적인 유혹이었다.

사실 한 마담이 이러는 이유는 리처드도 있지만 처음 보는 인물, 즉 상수가 있기에 유달리 관심을 보이는 것이다.

지금 그들이 도착한 이 요정은 소수의 고급 인물들을 중심으로 운영되는 곳이다.

이러한 요정을 운영하기 위해서는 그만큼 가치 있는 인맥을 많이 알아야 하고, 이곳에 이창섭 이사를 따라온 인물이라면 충분히 그 값어치를 하리라 생각하는 한 마담이었다.

그러나 이러한 한 마담의 계산속은 결코 밖으로 드러나지 않는 것이고, 그저 그녀의 묘한 미소만이 상수 등이 볼 수 있는 것이었다.

확실히 장사하는 사람의 속마음은 알 수가 없는 일이었다.

"자, 우리는 이쪽으로 앉지요. 조금 있으면 그분이 도착할 시간이 되니 잠시만 계시면 오실 겁니다."

"그렇게 하지요."

상수는 리처드가 앉는 자리의 옆에 앉았다.

아직 손님들이 오지 않았기에 음식들이 나오지는 않았다.

창섭은 상수를 보며 물었다.

"오늘 통역을 해주셔야 하는데 혹시 힘드시거나 하시면 미리 이야기를 해주세요."

"통역을 하는 일이 힘들다고 하면 안 되지요. 걱정하지 마십시오. 통역은 제가 책임지고 해드리겠습니다."

창섭은 오늘 실수를 하면 곤란한 일이 생기기 때문에 미리 사전에 말을 해두고 있었다.

그렇게 있는데 손님들이 도착했다는 소식을 직원이 가져왔다.

"아무래도 지금 도착한 모양입니다."

창섭은 그렇게 말을 하고는 바로 자리에서 일어섰다.

상대에 대한 예의를 차리기 위해 서서 기다리고 있는 것이다.

상수는 창섭과 리처드가 그러자 자신도 따라 일어설 수밖에 없었다.

잠깐의 시간이 지나고, 문이 열리더니 안으로 수염을 멋지게 기른 오십대의 남자가 하나 들어오고 있었다.

남자가 들어오자 리처드가 가장 먼저 정중하게 인사를 했다.

"오랜만에 뵙습니다, 아브라 왕자님."

리처드의 인사를 듣고 나서야 어째서 지금 이런 분위기로 이어지고 있는지 상수는 알아차렸다.

사우디아라비아의 왕자 아브라.

그가 바로 리처드 등이 맞이하려 한 손님이라는 사실을 깨달은 것이다.

이에 상수 또한 최대한 예를 갖추어 아브라 왕자를 맞이했다.

"오, 리처드 씨 오랜만에 보네요. 그동안 잘 지냈습니까?"

"저야 항상 잘 지내고 있지요, 왕자님."

"그런데 옆에 계시는 분은 누구신지?"

왕자의 질문에 리처드는 바로 소개해 주기 시작했다.

"이쪽은 오늘 왕자님과 이야기를 나눌 태성그룹의 이창섭이사입니다. 그리고 이쪽은 오늘 통역을 담당할 우리 회사의 정상수 차장입니다."

창섭과 상수는 소개를 마치자 정중하게 인사를 하였다.

"태성그룹의 이사로 있는 이창섭이라고 합니다, 왕자님."

상수는 자신의 인사보다는 통역이 먼저였기에 창섭의 소개를 바로 통역을 해주었고 그다음에 자신의 소개를 하였다.

"카베인의 한국지부에 근무하는 정상수 차장입니다."

"오, 우리 말을 아주 현지인같이 하는군요."

아브라 왕자는 상수가 자신의 모국어를 아주 유창하게 하는 것을 보고 눈빛을 빛내고 있었다.

아랍어는 전 세계적으로 상당한 난이도를 가진 언어 중 하나로 손꼽는다.

언어적인 속성이나 규칙이 상당히 복잡한 편에 속하고, 다른 언어들에 비하여 구개수음이나 인두음, 성문음 등이 많다 보니 발음에서도 상당히 곤욕을 겪기 쉬운 언어기도 하다.

특히 혀뿌리로 인두를 거의 막다시피 하며 발음하는 인두음의 경우에는 워낙 발음하기 어렵다 보니 오랫동안 말을 사용한 이가 아니면 쉽지 않은 발음인 게 사실이다.

그만큼 아랍어는 많은 어려움이 따르는 언어인데, 타국의 남자, 그것도 나이도 어리고 아랍과는 그다지 인연이 없어 보이는 남자가 아무렇지도 않게 매우 유창한 아랍어를 사용하니 놀라는 것도 무리가 아니었다.

현지에서 직접 교육을 받는 아랍어 전공자들도 저렇게 상수처럼 유창하게 하는 경우를 거의 본 적이 없는 왕자였다.

"감사합니다. 하지만 과분한 칭찬이십니다, 왕자님."

"오, 아니에요. 나는 진심으로 하는 말입니다. 당신처럼 그렇게 유창하게 말을 하는 통역사는 만나지 못했습니다. 우리 말을 어떻게 그리 잘하는 겁니까?"

왕자는 오늘 거래를 위해 왔지만 너무나 유창한 상수의 말에 친근감과 호감을 느끼는 그다.

그렇다 보니 당장의 거래에 대한 이야기보다는 상수 자체에 관심을 가지게 되었다.

환한 표정으로 상수에게 관심을 보이며 대화를 나누는 두 사람을 보며 창섭은 상수가 상당한 수준을 넘어서는 실력자인 것을 눈치챌 수 있었다.

'이거… 시작이 괜찮은데? 우선은 왕자의 관심을 끌었으니 거래에도 도움이 되겠어. 그나저나… 이 친구 진짜 대단하네, 대단해…….'

창섭은 오늘 하는 거래가 중요했기 때문에 솔직히 걱정이 많았다.

하지만 지금 상수가 자연스럽게 왕자의 관심을 끌어당기며 부드럽게 대화를 이어나가는 모습이나 왕자의 밝은 표정을 보니 모든 것이 잘 풀릴 것이란 예감이 들었다.

오랫동안 사람을 상대해 온 창섭이다 보니 왕자의 표정만으로도 그가 얼마나 많은 호감을 보이고 있는지 얼추 알아차릴 수 있었던 것이다.

그런 창섭의 표정을 보고 있던 리처드는 입가에 미소를 지었다.

리처드는 왕자와 상수의 대화를 들으며 상수가 아주 좋은 인상을 주었다는 사실에 만족하고 있었다.

이대로라면 분명 창섭의 거래에도 도움이 될 것은 자명했다.

자시니 아랍어를 써도 저렇게까지 왕자나 현지인의 호감을 이끌어낸 적이 없는데, 상수가 이를 이루어 내니 리처드는 반가울 따름이었다.

그렇게 만족스러운 미팅의 첫 단추가 꿰어지고 있었다.

약간의 시간이 흐르고, 창섭의 요청으로 아름다운 여인들이 상을 들고 들어왔다.

그제야 상수는 고급 음식점이라 생각했던 이곳이 요정이라는 사실을 깨달았다.

'헉! 저게 인형이야? 사람이야?'

상수는 들어오는 여인들을 보고는 속으로 상당히 놀라고 말았다.

하지만 이내 표정을 관리하게 되었는데 왕자가 있는 자리에서 촌놈처럼 행동할 수는 없는 노릇.

이내 몸의 기운을 움직여 마음을 차분하게 해주었다.

한편, 왕자는 여인들이 들어오자 크게 감탄하는 소리를 냈다.

"오, 뷰티풀. 정말 한국의 여인들을 아름답습니다. 아내로 들이고 싶을 만큼의 아름다움입니다."

상수는 그런 왕자의 말을 바로 통역해 주었다.

"왕자님께서 여인들을 보고 아주 아름답다고 하시네요."

창섭은 통역을 들으면서 아주 의기양양한 표정이 되었다.

"오늘은 제가 접대를 할 것이니 마음껏 드시기 바란다고 전해 주세요."

상수는 바로 창수의 말을 왕자에게 전해 주었다.

그러자 왕자는 아주 기분 좋은 웃음을 터뜨렸다.

"하하하, 아주 마음에 듭니다. 그 호의를 잘 받겠다고 해주
세요."

상수는 통역을 해주면서 서로 간에 가는 이야기를 들으니
무슨 일인지를 알게 되었다.

그리고 자신은 오늘 하는 일이 그저 통역만 해주면 되기 때
문에 다른 것에는 신경을 쓰지 않았다.

상수의 옆에도 아가씨가 앉았는데 이제 이십대 초반의 나
이를 가진 여자였고, 엄청난 미모를 자랑하는 여자였다.

한편, 여자는 아주 자연스럽게 왕자와 창섭 사이에서 통역
을 해내는 상수를 보며 살며시 눈빛을 빛냈다.

그녀가 일하고 있는 이 요정은 사회적으로 명망이 있는 이
들이나 능력이 뛰어나지 않는 이들은 쉽게 발을 들이기 어려
운 곳이었다.

그런 만큼 사회적으로 제법 높은 위치에 있는 이들 사이에
서 매끄럽게 통역을 해내고 있는 상수가 굉장히 능력있는 남
자로 보였다.

그렇다 보니 상수와 인연이 없는 여자로서도 호감이 갈 수
밖에.

게다가 상수의 통역으로 분위기는 아주 즐거운 시간이 되었다.

리처드 또한 미팅 시간이 길어질수록 그런 상수를 보며 다시 한 번 놀라고 있었다.

상수가 통역을 하면서 자연스럽게 분위기를 리드해 가는 모습이 생각했던 것 이상이었기 때문이다.

'저 친구는 정말 타고난 사업가라고 해야 하나? 기대했던 것 이상을 보여주는군. 아직 다듬어지지 않은 옥석에 불과하지만 앞으로 더욱 달라지게 되겠지.'

리처드는 자신의 생각에 확신까지 생기자 상수를 어떻게 해서라도 키워주고 싶었다.

한참의 시간을 보내면서 상수는 최선을 다해 통역을 해주었고, 왕자는 그런 상수를 보는 시선이 아주 호의적으로 변해 있었다.

그렇게 미팅은 성공적으로 마무리가 되었고, 태성과 왕자 측은 내일 다시 만나 계약을 성사하기로 모든 결정을 내리게 되었다.

그리고 그 과정에서 상수가 보여준 여러 모습들이 사우디 왕자의 마음에 쏙 들어 그대로 헤어지길 아쉬워하는 눈치를 보였다.

이에 왕자가 입을 열었다.

"혹시 정 차장은 혹시 우리나라에 올 생각이 없으시오?"

왕자의 제의는 리처드도 놀라게 하였다.

리처드도 아랍어를 어느 정도 알고 있다 보니 왕자의 제안이 어떤 의미를 가지는지 알아 화들짝 놀란 것이다.

상수는 왕자가 지금 자신에게 기회를 주고 있다는 사실을 알았지만, 그렇다고 리처드의 은혜를 저버릴 생각은 없었다.

"왕자님께서 저에게 좋은 기회를 주시려는 마음은 감사히 받겠습니다. 하지만 제 옆에 있는 리처드를 배신하고 갈 수는 없으니 이해해 주십시오."

상수가 정중하게 거절의 의사를 표현하자 왕자는 그런 상수를 보며 아깝다는 표정을 지었다.

"나의 제의를 거절할 정도로 리처드를 생각한다니 정말 부럽군요. 하지만 나의 제의는 항상 그대에게 열려 있다는 사실을 알아주었으면 하오. 당신 같은 인재는 누구라도 탐을 낼 거요. 언제든지 연락하면 그대를 데리고 갈 용의가 있음을 알아주시오."

그러면서 왕자는 자신의 품에서 하나의 명함을 꺼내 주었다.

금으로 만들어진 명함으로, 이는 사우디아라비아의 왕족들이 사용하는 것이었다.

왕족들도 그냥 주는 명함이 아니고 아주 귀한 손님, 혹은 특별한 사람에게만 주는 명함이었기에 리처드는 명함을 보고 놀라지 않을 수가 없었다.

"헉! 저 명함은?!"

리처드가 놀라는 것에 창섭은 호기심이 어린 눈을 하며 상수를 보았다.

상수는 명함을 받아야 하는지를 고민하였지만 결국 명함을 거절하지 않았다.

"왕자님의 호의는 항상 감사히 생각하며 명함은 받아두겠습니다."

상수가 명함을 받자 왕자의 얼굴은 아주 부드러운 미소를 지었다.

비록 거래를 위해 온 자리였지만, 상수를 만난 왕자는 아주 마음에 드는 인재를 발견했다 여겼다.

그렇다 보니 반드시 자신이 데리고 가고 싶은 욕심을 숨기지 않는 것이다.

왕자 스스로 생각해도 신기할 만큼 사람이 마음에 든 것은 처음 있는 일이었다.

그렇다 보니 상수에게 건네진 명함은 그 어느 때보다 특별하다 할 수 있었다.

리처드는 창섭의 눈이 의문스러운 빛을 발하고 있어 영어로 금으로 만들어진 명함에 대해 알려주었다.

창섭은 리처드의 설명을 듣고는 상수를 아주 부러운 시선을 바라보았다.

젊은 나이에 비하여 상당히 매력적인 모습을 드러내고 있는 남자라는 생각이 들었기 때문이다.

그리고 창섭은 내심 한 가지 결심을 굳혔다. 그것은 바로 상수와 작은 인연을 만들어두려고 한 것.

저런 인재라면 언제가 되든간에 반드시 성공할 것이 분명하고, 그때를 위해 미리 친분을 쌓아둔다면 도움이 될 것은 자명했다.

창섭의 그런 결심은 리처드의 눈에 다 보였다.

'흐흐흐, 아마도 서로간의 친분을 유지할 생각인 것 같은 네 잘해보게. 알아서 나쁜 일이 생기지는 않을 거네.'

리처드는 속으로 그렇게 생각을 하며 웃었다.

시간이 어느 정도 지나자 상수는 리처드의 눈짓에 자리에서 일어서게 되었다.

이제는 자리에서 파해야 하는 시간이지만, 한 가지 마음에 걸리는 것이 있어 주저하고 있었다.

"왜 그런가?"

"아니, 우리가 가면 왕자님의 통역은 누가 하는 겁니까?"

상수는 바로 통역 때문에 주저하였는데 그런 상수를 보고 리처드는 웃고 말았다.

"자네 무언가 잘못 생각하는 것 같은데, 일국의 왕자가 아무 일행도 없이 여기에 왔다고 생각하는가? 아마도 통역을 하는 사람도 함께 와 있을 거네. 그러니 우리는 지금 조용히 빠져 나가는 것이 왕자에게 도움을 주는 길이네."

상수는 리처드의 말에 머릿속을 강타하는 무언가가 있었다.

'이런 내가 왜 그런 생각을 하지 못했지? 왕자가 혼자 온다는 것이 말이 되지 않는 거지.'

상수는 리처드 덕분에 새로운 사실을 알게 되어 바로 리처드와 함께 자리를 떠날 수가 있었다.

왕자는 지금 술이 들어가니 두 사람이 가는 것도 잊고 있을 정도였다.

창섭을 보고 가볍게 인사를 하고 두 사람은 조용히 자리를 벗어났다.

접대하는 일은 창섭의 일이지, 자신들은 아니었기 때문이다.

단지 상수가 가는 모습에 애틋한 눈빛을 하고 있는 여인만이 상수의 뒷모습을 바라보고 있었다.

상수가 요정을 벗어나고 있을 무렵, 국정원의 요원은 마침

내 상수가 지내고 있는 거처를 찾아냈다.

"과장님, 정상수의 거처를 찾았습니다."

"그러면 바로 위치를 보내봐."

"예, 알겠습니다."

이태수는 상수에 대한 보고를 받아 내용을 확인해 보니 지금은 외국인 회사에 근무를 하고 있는 것을 빼고는 특별한 것이 없었다.

"잉? 아니 왜 이런 사람의 조사를 부탁한 것일까? 내가 모르는 다른 것이 있나?'

이태수는 제법 촉이 발달된 인간이었기에 노인의 부탁을 받으면서 무언가 있다는 것을 알았다.

해서 바로 조사를 해본 것인데, 보고서를 보니 특별히 이상한 점이 없어 오히려 이상하게 여길 뿐이었다.

"흠, 우선은 지켜보는 것이 좋겠네."

이태수는 그렇게 생각을 하고는 보고서를 그대로 노인에게 메일로 보내주고는 문자를 보냈다.

한국의 국정원이 이만큼 능력이 있다는 것을 보여주고 싶어 하는 행동이었다.

같은 시각, 노인의 거처.

그곳에선 노인의 메일을 관리하는 남자가 국정원으로부터 날아든 메일을 확인하고 있었다.

―정상수에 대한 정보 건.

국정원의 메일이 자신이 기다리고 있던 상수에 대한 메일임을 확인한 남자는 빠르게 자리를 벗어나 자신의 주인인 노인의 거처로 향했다.

"어르신, 정상수를 찾았습니다."

"그래? 어디에 있던가?"

"주소를 다른 곳으로 하고 거주를 다르게 하여 찾을 수 없었던 모양입니다. 그리고 지금은 카베인의 한국 지사에서 근무하고 있다고 합니다."

노인은 정상수에 대한 자료를 원하는 이유가 궁금했다,

"그자에 대한 조사는 어찌 되었나?"

"우리가 조사를 한 것에는 아무런 이상이 없었습니다. 단지 다른 것이 있다면 어린 시절부터 주먹을 제법 사용했다는 것 정도를 빼고는 이상이 없었습니다. 그리고 지금 근무하는 회사로 취직한 것이 좀 의아합니다."

"의아하다고?"

"네. 그곳에 입사하기 전 그가 생활했던 것을 보니 택시 운전을 비롯하여, 한국에서 그다지 엘리트 코스라 말하는 것과는 거리가 먼 삶을 살았다고 합니다. 그런 이가 카베인에 입사했다는 게 좀 이상합니다."

노인도 정상수에 대한 기본적인 보고는 받아보았기에 의아하게 여기진 않았다.

하지만 사내의 말을 듣고 보니 뭔가 심중으로 파고드는 느낌이었다.

"그 회사의 이름이 무엇이라고?"

"네, 미국에 본사를 두고 있는 다국적 기업 카베인이라고 합니다."

노인은 그 말에 더욱 눈에 빛이 났다.

"자네는 그자에 대한 자료를 넘기면서 암살자 놈들이 어떻게 하는지를 지켜보도록 하게."

"상수라는 인간을 죽여도 말입니까?"

"그래, 우리는 절대 개입이 되지 않아야 하네."

"알겠습니다, 어르신."

상수는 자신도 모르는 사이에 이렇게 위험에 빠지고 있다는 사실을 모르고 있었다.

한국의 인물들과 외국의 암살 조직이 모두 상수를 노리고 있다는 사실을 말이다.

제2장 암살자 또 오다

왕자와 만난 이후 상수는 리처드의 회사에서 근무하면서 최대한 자신의 능력을 자각하고 있었다.

그리고 그 과정에서 자신이 가진 능력을 효율적으로 이용할 방법에 대하여 연구하는 중이었다.

자신이 알고 있는 능력은 상처를 치료하는 것과 근거리에서 이동을 하는 것, 그리고 잠을 재우는 것과 문을 따는 것이 그것이다.

그리고 가장 큰 능력은 내기라 할 수 있었는데, 아직도 자신이 이를 통제하지 못하고 있다는 사실이 조금 불편한 상수였다.

달가닥달가닥―

―내기 활용하는 법.

상수는 인터넷을 통하여 내기를 사용하는 방법에 대한 검색을 틈틈히 진행했다.

그러나 나오는 이야기들은 죄다 뜬구름 잡는 듯한 어처구니없는 가짜 글들이 대부분이었다.

그렇다 보니 스스로 기운을 유도할 방법에 대해 제대로 된 뭔가를 전혀 얻지 못하는 상황이었다.

흔히 무협지를 보면 운기를 통하여 자신의 몸을 다루고 발전하는 주인공이나 무림의 고수들이 나온다.

그렇다 보니 자신 또한 그런 뭔가가 있지 않을까 기대하는 상수였는데, 전혀 아무런 준비도 되어 있지 않을 뿐더러, 자칫하다가 골로 가기라도 한다면 결국 자신만 손해 볼 게 뻔했다.

그렇다 보니 다른 방식으로 접근하여 무협지에 나오는 것처럼 각종 혈도에 대한 지식을 배우고 자신의 몸을 하나하나 따지며 관조해 봤다.

그리고 생각보다 무협지가 그렇게까지 허황된 것만은 아

니지 않을까 여기면서 새로운 기운을 움직일 생각을 했다.

무협지의 말대로 혈도에 대해 지식을 배웠는데 책의 내용이 그렇게 허황되지는 않는다는 생각이 들어 요즘은 새로운 기분으로 기운을 움직이려 하고 있었다.

한데 정성이 극으로 향하면 통한다고 하던가.

조금씩 자신의 안에 있는 기운이 움직이는 것을 알 수 있었고, 절반이지만, 기운을 자신만의 방식으로 움직이기 시작했다.

이대로 발전하여 모든 기운을 전부 통제할 수 있데 된다면 매우 놀라운 효과를 거둘지도 모른다 여기는 상수였다.

"정 차장은 요즘 좋은 일이 있는지 하루 종일 웃는 얼굴입니다."

그렇게 한참 동안 자신의 생각에 빠져 있는 상수를 바라보며 리처드가 물었다.

리처드 지사장은 상수가 웃고 있는 얼굴로 사람들을 대하고 있어서 아주 보기 좋아 하는 소리였다.

"예, 하루를 웃으면서 살려고 하니 그런 것 같습니다. 지사장님."

"아주 좋은 생각입니다. 나도 그렇게 살고 싶은데 잘되지 않는군요. 무슨 좋은 방법이 있으면 나에게도 알려주세요."

"하하하, 좋은 방법이라면 자신이 스스로 즐겁다고 인식하는 것이지요. 스스로 마인드컨트롤을 해보시죠. 저는 그렇게 하고 있습니다."

상수가 웃으며 하는 대답에 리처드는 속으로 흥미를 감추지 않았다.

스스로 마음을 컨트롤하고 있다는 말은 그만큼 자신을 통제하는 노력을 지속한다는 의미기도 하다.

동양에서 흔히들 부동심이라고 하던가.

자신을 통제하고 조율한다는 것은 결코 말처럼 쉬운 일이 아니라는 것을 리처드는 잘 알고 있었다.

아직 혈기 왕성하고 젊은 상수가 그런 마음을 가지고 있다는 것이 리처드는 꽤나 흥미롭게 여겨졌다.

"정 차장은 정말 대단한 분이십니다."

리처드는 나이는 자신보다 어려도 보이는 능력을 보면 정말 놀랄 때가 많았는데 자신을 통제한다는 상수의 말을 듣자 더욱 상수를 높게 보게 되었다.

저녁이 되어 슬슬 퇴근시간이 찾아오자 상수도 퇴근을 준비하고 있었다.

상수가 퇴근을 하려고 옷을 입는데 그런 상수의 앞에 예린이 다가왔다.

"차장님, 오늘 퇴근하시면 다른 일이 있으세요?"

"오늘은 없는 것 같네요."

"그럼 저랑 간단하게 술이나 한잔하시는 것은 어떠세요?"

예린은 상수를 처음부터 보았고 그의 능력을 보며 상수에게 상당한 호감을 보여주고 있었다.

상수가 보여준 능력은 예린이 보기에도 충분히 실력을 인정받을 수 있을 것 같아 보여서였다.

그동안 주시만 하다가 오늘 말을 꺼내게 됐는데, 그간 기회를 노리고 있었던 탓이다.

갑작스러운 예린의 제안에 상수는 속으로 살짝 놀라긴 했지만, 크게 걱정하는 것 없이 바로 수락했다.

"좋죠. 그리 바쁜 일도 없으니 말입니다."

조금은 무뚝뚝하면서 조금은 건조한 상수의 발언.

이에 예린은 상수가 자신을 여자가 아닌 흔한 직장 동료 중 한 사람으로 보고 있다는 사실을 확실하게 느꼈다.

예린도 비서로 오랜 직장 생활을 하였기에 눈치는 보통이 아닌지라 남자의 목소리만 들어도 금방 눈치를 챌 정도였다.

무엇보다 예린은 어릴 적부터 제법 외모가 괜찮은 편에 속하는 여자다.

그렇다 보니 자신의 아름다움을 잘 활용할 줄 알았고, 남자들이 자신을 보는 남다른 시선들에 익숙하여 이를 분간할 줄 알았다.

흔한 남자들이 자신이 술을 마시자고 하면 다른 생각을 함께하는 편인데, 그런 사심이 상수에게는 보이지 않았다.

한편으로는 그런 점이 마음에 드는 예린이지만, 또 다른 한 편으로는 조금 화가 나기도 했다.

'흥, 나 같은 미인이 술을 마시자고 하면 영광으로 생각해 야지, 저렇게 담담하게 받아들일 수가 있는 거야?'

예린의 내심과는 다르게 겉으로는 화사하게 웃으면서 대답을 하고 있었다.

"그러면 우리 같이 나가요."

예린은 그러면서 상수의 옆으로 와 팔짱을 끼려고 하였다.

한편 상수는 사무실 안에서 보여주는 예린의 이러한 행동에 조금은 부담을 느끼며 슬며시 그녀의 팔을 피했다.

예린은 자신이 팔짱을 끼는 것을 피한 상수를 보며 조금 기분이 상하기는 했지만, 지금 있는 곳이 사무실이라는 것을 새삼 깨닫고는 무안해했다.

하지만 내심은 다르게 생각하고 있었다.

'아니, 감히 나의 팔짱을 피한다는 말이지? 두고 보자.'

예린은 상수의 행동에 조금 자존심이 상했는지 오늘은 확실하게 상수를 공략하려는 마음을 먹게 되었다.

예린도 미인이라는 소리를 들을 정도는 되었고, 몸매도 직장 동료들 사이에서는 예술적이라는 말을 들을 정도는 되었기에 약간 공주병이 있기도 했다.

하지만 예린이도 상수가 전에 만난 미영이보다는 약간 부족한 여자였다.

그만큼 미영의 미모는 우월하다는 말이었다.

그런 미인과 잠시지만 사귀었던 영향도 있고, 이제는 조금은 여자들에게 내공이 쌓인 탓인지 예린의 유혹에도 넘어가지 않았다.

그렇게 상수가 예린과 회사를 나섰을 때 그런 상수를 지켜보는 시선이 존재했다.

상수는 건물을 나오면서 그 사실을 바로 알아차렸다.

낯선 누군가의 시선, 그것은 지난 암살자들의 경우와 같은 살기가 섞인 시선이 분명했다.

만약 자신을 주시하는 눈길이 전에 왔던 암살자들이라면 자신뿐 아니라 예린 또한 위험해질 가능성이 존재한다.

이에 수많은 생각이 상수의 머릿속을 휘돌았다.

"예린 씨, 오늘은 그냥 집으로 가시고 내일 제가 한잔 살게요. 집에 손님이 오신다고 한 말을 잊고 있어서 그래요. 미안하지만 오늘은 이해해 주셨으면 하네요."

예린은 회사를 나오자 마자 그냥 집으로 가라고 하니 진짜로 자존심이 상해 버렸다.

"정 차장님, 그냥 싫으면 싫다고 하세요. 나오자 말자 그렇게 말을 하시면 상대의 기분은 어떨 것 같으세요."

예린이 발끈하여 소리를 질렀지만 상수에게는 그런 문제가 아니었다.

당장 위험이 닥쳤는데 지금은 예린이 중요한 것이 아니라는 생각이 들었다.

"미안합니다. 내일 봅시다."

상수는 그렇게 말을 하고는 바로 예린을 두고 떠났다.

상수가 기본적인 예의도 무시하고 그냥 가버리자 예린은 진짜로 열이 받았기에 발로 옆에 보이는 휴지통을 걷어차 버렸다.

깡!

"아유, 성질나. 뭐 저런 새끼가 다 있어."

예린이 화가 나서 화풀이를 하고 있을 무렵, 상수를 따라 눈길들이 같이 이동하기 시작했다.

상수는 놈들이 자신을 감시하고 있다는 것을 알자 일단 사람들이 없는 곳으로 자리를 피하고 있었다.

그렇게 해야 다른 사람들에게 피해를 주지 않고 놈들을 잡을 수가 있었기 때문이다.

상수가 자리를 떠나 주변을 살피면서 놈들과 대치를 할 만한 곳을 찾았다.

'저기다.'

상수는 마침 공사하고 있는 건물이 보였기에 그곳으로 유

인해 놈들과 승부를 볼 생각을 하였다.

상수는 이동하면서도 놈들이 자신을 따라오는 것을 감지하고 있었다.

상수의 기감은 상당히 발달되어 이제는 주변에 있는 모든 이들에 대해 파악할 수 있을 정도였다.

상수가 공사장이 있는 곳으로 들어가자 상수를 따르고 있는 남자들은 마침 잘되었다는 표정을 지으며 그 뒤를 따랐다.

그렇게 들어간 어두운 공사장의 안에는 상수가 날카로운 눈빛으로 놈들이 들어오기를 기다리고 있었다.

상수의 손에는 공사장에 흔히 사용하는 철근이 들려 있었다.

크기가 적당하게 잘려져 있어서 마침 무기도 없는 상수에게는 아주 좋은 무기였다.

공사장에는 세 명의 남자가 들어오고 있었고 상수는 기회를 보고 있었기에 놈들이 들어오자 바로 철근으로 공격을 시작했다.

쉬이익!

퍽! 퍼걱! 퍽!

"커윽!"

"으윽!!"

"크윽!"

세 명의 남자는 불시에 당한 공격이 너무도 강해 그대로 쓰러지며 기절하고 말았다.

상수는 놈들이 쓰러지자 바로 놈들의 정체를 확인했다.

"어? 이놈들은 또 뭐지?"

상수의 예상과는 달리 그를 쫓아온 상대들은 이전 암살자들과 달리 한국인들이었다.

그로 인해 상수는 의아함과 놀람을 감추지 못했다.

"이놈들이 나를 감시한 이유가 뭐지?"

상수는 한국인이 자신을 감시하는 이유를 몰라 어리둥절한 얼굴을 하였다.

우선 놈들에게 그 이유를 물어보기 위해 상수는 그중 한 놈을 깨우기로 했다.

상수는 조금 무식하지만 놈의 얼굴을 강하게 쳤다.

찰싹!

"크윽!"

남자는 손바닥으로 얼굴을 때리니 정신이 드는지 눈을 뜨기 시작했다.

놈이 정신을 차리는 것을 본 상수는 곧바로 질문을 시작했다.

"나를 감시한 이유가 뭐지?"

잠시 정신을 차리지 못하던 남자가 상수의 얼굴을 보고는 자신들이 일반적으로 당했단 사실을 뒤늦게 깨닫곤 고개를 흔들었다.

상수는 놈이 자신의 질문에 대답하지 않기에 다시 한 번 정신을 차리도록 때려주었다.

철썩!

"아악! 그만!"

남자는 상수의 손이 얼마나 매운지 비명을 질렀다.

철근으로 맞은 곳은 상수가 힘을 적당하게 사용하는 바람에 이들의 뼈가 부러지는 일은 없었지만, 지금은 그렇지가 않아 고통스러웠다.

"다시 묻는데 나를 감시한 이유가 뭐냐?"

"나도 모른다. 우리는 상부의 지시로 감시만 하라고 해서 하고 있었던 것이다."

"그러면 그 상부라는 곳은 어디를 말하는 거냐?"

"우리의 상부는……."

남자는 말을 하려다가 갑자기 무언가 생각이 났는지 말을 잇지 못하고 머뭇거렸다.

상수는 놈들의 상부에 뭔가 비밀이 있다고 생각이 들었다.

그리고 갑자기 자신을 감시하려고 하는 이들이 생겼다는 것을 생각하게 되었다.

'나를 암살하려고 하는 놈들도 그렇고, 갑자기 우리나라 사람이 날 감시하는 건 또 무슨 일인 거지?

아무리 생각해도 상수는 자신이 다른 이들과 원한을 살 만한 일이 없음을 떠올렸다.

이런 일을 겪고 나니 기분이 좋을 리 없었다.

"내가 지금 기분이 그리 좋지가 않으니 그냥 불어라. 고문을 해야 말을 하겠다면 아마도 앞으로 정상인으로 살지는 못하게 될 거니 말이다."

목소리가 갑자기 차갑게 변하자 남자도 분위기가 변했다는 것을 직감했는지 상수를 보게 되었다.

"내가 알고 있는 것은 그리 많지 않다."

"그러면 아는 것만 말해봐."

남자는 상수의 말에 자신이 알고 있는 것에 대해 말을 시작했다.

어차피 둘은 기절을 해서 들을 수도 없었기 때문이다.

조직에 대한 이야기를 하면 남자도 위험하겠지만, 지금은 눈앞에 있는 상수가 더 위험한 존재로 남자에게는 인식이 되어 있는 상황이다.

그렇게 상수는 남자에게 모든 이야기를 들을 수 있었다.

그러나 그 이야기를 들었음에도 불구하고 이해가 가지 않는 부분들이 많았다.

남자가 속해 있는 조직은 그냥 건달들이 속해 있는 조직이 아니었기 때문이다.

"너희 조직에서 나를 감시하라고 한 놈의 위치는 어디지?"

상수가 선택한 방법은 결국 놈들이 있는 곳을 찾아가는 것이었다.

그렇지 않으면 자신에게는 이들에 대해 알 수 있는 길이 없을 게 뻔했다.

상수가 남자에게 질문을 하고 있을 때 상수의 기감으로 또 다른 존재들이 걸려들었다.

아마도 이들이 감시하는 것을 알고 조용히 뒤를 따르는 놈들인 듯했다.

상수는 남자에게 조용히 입을 다물라고 손가락을 입술에 댔다.

"쉿!"

남자는 황급히 고개를 끄덕였다.

지금 자신은 몸이 움직일 수도 없었기에 상수의 말을 따르지 않을 수가 없었다.

상수는 조용히 철근을 다시 들었다.

놈들이 공사장의 안으로 들어오려고 하는 것을 감지하였기 때문이다.

저벅저벅.

지금 오고 있는 놈들은 모두 두 명이었는데 걸음걸이로 보아 일반인은 아니라고 판단이 되었다.

'흠, 수련한 놈들이라는 말이지? 그러면 대응이 달라지지.'

상수는 자신도 수련을 한 탓에 발걸음만 들어도 일반인이 아니라는 것을 느낄 수가 있었다.

남자 둘이 공사장으로 들어오는 것을 느낀 상수는 잠시 몸을 숨겼다가 그들이 들어오는 순간, 기습적으로 놈들을 공격하였다.

한 놈은 철근으로, 다른 한 놈은 발로 얼굴을 걷어차 버렸다.

동시에 두 놈을 공격하는 것이 쉬운 일은 아니었지만, 상수의 몸을 휘도는 붉은 짐승의 기운이 그런 공격을 할 수 있도록 해주고 있었다.

빠각!

픽!

"컥!"

"크윽!"

철근으로 맞은 놈은 그대로 피를 흘리며 기절을 하였지만, 얼굴을 차인 놈은 기절까지는 가지 않고 비명을 지르며 자리에 쓰러졌다.

상수는 그런 놈에게 급하게 달려들어 주먹으로 다시 공격을 하였다.

퍽! 퍽!

"왜, 왜……?"

남자는 한마디를 하고는 그대로 정신을 잃었다.

상수는 놈들의 품을 뒤졌다.

누구인지 신분을 확인하기 위해서였다.

그런데 놈들의 품에서 나온 것은 권총이 가장 먼저 나와 상수를 더욱 놀라게 하였다.

한국인 같은데 총기를 휴대하고 있다는 사실에 너무나 놀란 것이다.

"도대체 내가 어떤 일이 연관이 되었는지를 알아야 대처를 하지? 이거는 정말 이해가 안 되네……."

상수는 이런 놈들이 자신을 공격하는 이유를 몰랐다.

우선은 놈들이 가지고 있던 총기들을 모조리 거두고는 놈들도 기절한 놈들이 있는 곳으로 끌고 갔다.

한편, 아직 정신이 있는 남자는 그런 상수를 행동을 슬쩍 지켜보며 놀라지 않을 수가 없었다.

저렇게 대단한 실력을 가진 사람을 아직 구경하지 못했기 때문이었다.

남자가 보기에는 이거는 그냥 붕붕 날아다니는 것으로 보였기 때문이다.

상수는 기절한 놈들을 끌고 와서는 다른 놈들이 있는 곳에 던져두었다.

"나를 감시하는 이유는 모른다고 치고 감시하라고 한 자가 있는 곳은 알겠지?"

남자는 상수의 실력을 보고는 그냥 술술 불기 시작했다.

"당신을 감시하라고 한 자는 조직의 간부로 있는 김성철이라는 사람입니다."

남자는 상수가 알고 싶어 하는 것을 거짓말 없이 모두 술술 불고 있었다.

상수는 남자의 이야기를 듣다가 이대로 있다간 이유도 모른 채 당할 수도 있다는 생각이 들었다.

우선은 놈들이 왜 자신을 노리고 있는지 이유는 알아야겠다고 결론을 내렸다.

"가지고 있는 휴대폰을 줘봐."

남자는 주머니에 있는 휴대폰을 꺼내주었다.

"전화를 걸어서 나에게 줘."

남자는 무슨 뜻인지 알아들었는지 바로 전화를 걸었다.

아마도 남자가 말한 김성철이라는 자는 바로 위의 직급 정도에 해당하거나 이번 일에 한정하여 이들을 지휘하는 게 아닐까 싶은 생각이 들었다.

드드드.

상수는 전화가 걸리자 묘한 자신감이 떠올랐다.

"…어떻게 되었지?"

남자는 전화를 받자마자 바로 이렇게 물었다.

"내가 정상수인데 너는 누군데 나를 감시하는 거냐?"

상수가 직접 질문을 하니 상대는 바로 대답을 하지 못한 채 입을 다물었다.

아마도 김성철은 지금 당황하여 바로 답변을 하지 못한 게 분명해 보였다.

이에 상수는 상대가 정신을 차릴 시간을 주었다.

약간의 시간이 지나자 상대의 목소리가 다시금 들렸다.

"우리 애들은 어찌 되었나?"

"애들은 모르겠고 처음 나를 감시한 남자 세 명은 지금 기절해 있고, 나중에 총기를 가진 두 놈도 기절하여 내가 데리고 있다. 다시 한 번 묻고 싶은데 나를 감시한 목적이 무엇이지?"

상수가 자신이 보낸 애들 말고 두 명의 남자를 더 기절시켰다는 소리에 남자는 조금 놀랐는지 아무런 말을 하지 않았다.

잠시 침묵의 시간이 흐르고 나서야 다시금 상대가 입을 열었다.

"무엇을 알고 싶은 건가?"

"나는 나를 감시한 이유를 듣고 싶다. 그리고 너희도 누구의 지시를 받았다면 그 상대가 누구인지를 알고 싶다. 이유도 모르고 감시당하고 있는데 당신 같으면 기분이 좋겠나?"

상수의 말에 남자는 처음부터 접근을 잘못했다는 것을 깨달았다.

이들은 상수의 위치를 알려달라는 말에 뭔가 있다고 판단하여 감시했을 뿐이다.

그런데 중요한 것은 상수를 암살하려는 자가 어떤 이유로 그러는지 전혀 알지 못하는 듯했다.

거기에 더하여 아무리 조사하고 따져 봐도 상수는 암살 대상이 될 만큼 그리 중요한 인물이 아니라는 데 그의 의문은 더해질 수밖에 없었다.

"내 부하들이 죽지 않았다고 하니 그들을 살려주는 조건으로 알고 싶은 것을 알려주도록 하지."

남자는 상수에게 흥정을 걸었다.

그 이유는 아직 조직에 대하여 상수에게 알려지기를 바라지 않아서였다.

암살의 대상이 될 정도에, 수하들을 제압할 만큼 뛰어난 실력이라면 부하들의 목숨이 위험할지도 모르며, 더 큰 것을 잃을지도 모른다는 판단에 나온 거래 조건이었다.

상수가 부하들을 죽이거나 자신들의 정체를 불기라도 한다면, 그로 인해 세상의 주목을 받게 될지도 모르는 일이다.

이는 자신이 모시고 있는 어르신도 바라지 않는 일이기에 남자는 상수와 거래하려고 하였다.

상수도 사람을 죽이는 것은 싫었기에 남자의 말에 바로 수락했다.

"좋아, 그렇게 하지. 하지만 그 전에 먼저 약속을 해주어야 할 것이 있지 않나?"

남자는 상수가 무엇을 원하는지 알고 있었다.

"약속은 서로가 속이지 않아야 가능한 것이 아닐까? 우선은 너의 궁금증을 풀어주도록 하겠다."

이렇게 말한 남자는 상수가 감시를 당하는 이유에 대해 설명하였고, 외국의 암살 조직에서 상수의 암살에 실패하면서 자신들에게 신상에 대한 의뢰를 했다는 것이다.

그래서 자신들도 상수를 찾으려고 하니 쉽지 않아 국정원의 도움을 요청해 위치를 찾을 수 있었다는 게 그의 말이었다.

상수는 남자가 해주는 말을 듣고 나서야 현 상황을 이해할 수 있었다.

그제야 이후에 찾아든 두 남자의 몸을 뒤적거리다가 국정원 직원을 알리는 신분증을 발견할 수 있었다.

'젠장.'

그리고 남자가 말한 외국의 암살자란 아마도 자신이 해외로 파견을 갔을 때 벌어졌던 문제를 들어 암살을 하려는 놈들이 분명했다.

단지 지금 마음에 걸리는 게 있다면 국내에서 이런 일이 벌어지게 된 계기가 놈들이 자신의 신상을 파악하려다 생겼다는 점이었다.

"그러니까… 결국 외국의 암살 조직에서 의뢰하여 지금의 사태가 벌어진 것이라는 말이지?"

"내가 알기로는 그렇다. 이제 알고 싶은 것을 모두 알려주었으니 부하들을 돌려보내 주었으면 한다."

"좋아, 약속은 약속이니 나도 지켜야겠지. 그런데 한 가지 더. 앞으로 나를 감시하는 일은 없었으면 한다. 만약에 걸리면 그때는 나도 어떻게 할지 장담할 수 없으니 말이야."

"그렇게 하지. 우리는 우리와 아무 상관이 없는 일에는 관심을 가지지 않으니 걱정하지 않아도 될 거야."

남자는 상수의 물음에 순순히 대답을 해주었고 약속도 해주었다.

상수는 남자가 하는 말이 진실이라는 것을 목소리를 들으면서 느낄 수가 있었다.

자신은 일개 개인이고 내세울 것이 없는 인물이니 저들이 위험을 감수하며 관심을 가질 이유가 하등 없었기 때문이다.

그들 입장에서도 암살 조직이 상수를 암살하려는 이유를

알아보려 하면 바로 알아낼 수 있기에, 굳이 위험까지 감수하며 상수에게 관심을 둘 필요를 느끼지 못했다.

지금 상황에서 한발 물러나면 그만인 것이다.

그렇게 상수는 남자와 통화를 마치고 기절해 있는 놈들을 보며 잠시 고민했다.

그러곤,

"들었지? 조금 있으면 몸에 힘이 생길 거야. 그러면 나머지 두 명을 데리고 바로 떠나라."

"알겠습니다."

상수는 정신을 차리고 있는 남자에게 그렇게 말을 하였지만 남아 있는 국정원의 인물들이 문제였다.

몰랐다곤 해도 국가의 공인을 패서 기절을 시켰으니 좋지 않은 인연이 만들어진 것은 사실이었다.

"흠, 어떻게 한다……?"

상수가 국정원 요원들 때문에 고민하고 있을 무렵, 그중 한 명이 정신을 차리려고 하고 있었다.

상수는 이들이 가지고 있는 총기를 이미 모두 회수했기에 정신이 들어도 문제는 없을 것이라 여겼다.

일대일로는 절대 상수 자신을 이길 수가 없으리란 자신감이 있었기 때문이다.

"으으으……."

국정원의 요원이 힘겹게 정신을 차리며 신음이 흘러나왔다.

상수는 그 요원을 보며 조용한 목소리로 물었다.

"국정원 소속 맞소?"

"……."

남자는 긍정도 부정도 하지 않고 침묵했다.

이에 상수는 더욱더 확신했다.

"맞군. 당신이 국정원의 인물인 것은 알겠는데, 왜 나를 감시하고 있는 거지? 그렇게 국정원이 한가한 집단인가? 국민을 감시하는 것이 국정원의 일인가?"

상수가 묻는 질문에 상대는 바로 대답을 하지 못하고 있었다.

자신들이 국정원의 인물이라는 사실을 모두 알고 있다는 게 놀랐고, 품에 있어야 하는 총기가 사라졌다는 사실을 깨닫고 또 한 차례 놀랐기 때문이다.

그렇다면 상대는 이미 자신들의 신분이 노출되었을지도 모른단 생각이 머리를 스쳤다.

무엇보다 가장 중요한 것은 국민을 감시하고 있었다는 말이 퍼지게 된다면 이들은 절대 다시 국정원에 돌아가지 못하게 될 수도 있었다.

꼬리는 자르면 그만인 것이 조직이니 말이다.

"다시 묻지. 나를 감시한 이유가 무엇이지?"

요원은 상수의 눈빛이 차가운 것을 보았고, 그 안에 존재하는 냉혹함을 알아차렸다.

자신이 말을 하지 않고 있으면 그만큼 상대는 냉혹함을 직접적으로 표현할지도 모른단 예감이 머리를 스쳤다.

자신의 기억에 있는 상대의 정체에 대해 남자는 다시금 되짚으며 위험 요소를 떠올려 보았다.

자신 앞에 있는 상수라는 남자는 서류에 따르면 그냥 평범한 일반인이 분명했다.

단지 어린 시절부터 무술을 익혔다는 것만 빼고는 다른 것이 없었고, 그런 인물을 추적하여 찾고 감시하고 있었다.

만약 사실이 혹여라도 대중에 알려지게 된다면 국정원은 곤란한 상황을 겪을 수밖에 없을 것이다.

"우리가 감시한 것은 당신을 누군가 추적하기 때문입니다. 우리는 그 대상이 누군지 알고 싶어 감시를 하고 있었던 겁니다."

상수는 직원의 말을 통해 국정원이 자신이 통화했던 상태보다도 현 상황을 잘 알지 못한다는 걸 깨달았다.

그러나 굳이 자신이 가지고 있는 사실이나 정보를 국정원 직원에게 드러낼 필요가 없는 상수다.

그렇기에 가장 원론적인 방식으로 나가기로 결심을 굳혔다.

"국정원의 요원들이 다른 이들과 합동으로 일반인을 감시하고 있는 것이 정상이라고 생각하시오? 내가 당신들의 신분증과 총기를 가지고 있으니 나중에 찾으러 오시오. 지금은 당신들을 믿을 수가 없으니 내가 가지고 가겠소."

상수는 이들이 국정원의 요원이라는 것과 아직 정확한 이유를 모르고 있다는 점을 알곤, 바로 존칭을 사용해 주었다.

"이… 보시오. 총기를 가지고 간다면 정말 위험하니 총기는 돌려주시오."

요원은 총기를 가지고 간다는 말에 기겁하며 이렇게 말했다.

현장 요원으로 있으면서 위험을 맞았을 경우 사용하기 위해 지급된 총을 빼앗겼다. 그렇다 보니 이들도 바로 돌아갈 수 있는 처지가 못 되었다.

"나에게 믿을 수 있는 근거가 없고, 솔직히 당신들이 가지고 있는 신분증만 보고 국정원 요원이라고 믿으라고 한다면 나는 아니라고 하겠소. 그나마 그 신분증 때문에 그냥 가는 것인 줄 아시오. 당신들이 국정원 사람이라고 더욱 확실히 증명한다면 총은 돌려주겠소. 그리고 나는 국정원과 싸우고 싶지 않으니 만약에 당신들이 요원이라면 그렇게 국정원에 전해주시오. 그리고 난 뒤에 다시 찾아오시오."

상수는 그렇게 말을 하고는 조용히 사라지고 있었다.

국정원 요원은 지금의 상황에 황당한 표정을 짓고 있었다.

그러는 사이 다른 남자는 빠르게 두 명을 부축을 하곤 사라지고 있었다.

국정원의 인물들과 함께 있고 싶지 않아 몸이 아파도 움직였던 것이다.

이후 상수는 집으로 돌아왔다.

집에 들어온 상수는 가져온 총기를 확인해 보았다.

두 정의 권총과 탄창이 모두 네 개였는데, 아마도 예비로 가지고 다니는 모양이었다.

"자식들이 국정원은 폼으로 다니나? 무슨 실력이 그렇게 약해?"

상수는 자신이 강하다는 생각은 하지 않고 저들이 약하다고 생각을 하며 툴툴거렸다.

그렇게 그의 하루는 마무리되었다.

제3장 암살자를 잡다

상수의 위치를 전달 받은 암살자들은 상수가 집으로 돌아오기를 기다리고 있었다.

이들은 주변에 사람이 많았기에 늦은 밤에 집을 습격할 생각을 하고 있었다.

"놈이 들어갔다."

"우선은 놈을 죽이는 것보다 납치하여 두 형제의 행적을 찾아야 한다."

"그렇게 하지, 팀장!"

암살자의 팀을 일시적으로 책임지고 있는 남자는 삼십대

후반의 나이를 먹은 것으로 추정되는데, 그 눈빛이 매우 날카로워 보였다.

상수는 암살자들이 자신을 보고 있다는 사실을 모르고 방에서 잠을 자고 있었다.

새벽 3시가 되니 사방이 조용하여 아무도 움직이는 이들이 없었다.

이때 상수의 집이 있는 방향으로 움직이는 세 명의 그림자가 있었다.

그중에 한 남자가 손짓을 하니 남자들은 사방으로 퍼져 나갔다.

아마도 한 방향으로 가는 것보다는 세 방향으로 들어가는 편이 좋다고 판단한 데 따른 행동이었다.

암살자들이 상수의 집으로 잠입하는 방법은 대문과 베란다를 통한 분산 침투였고, 두 곳을 동시에 뚫고 들어가려는 참이었다.

한편, 상수는 자다가 갑자기 이상한 느낌이 들어 잠에서 깨어났다.

"응?"

상수는 집이 있는 주변을 본능적으로 감지하기 시작했고 바로 대문과 베란다를 향해 오고 있는 기운들을 찾을 수 있었다.

인간의 몸은 살아 있는 몸이기 때문이 그 특유의 생동감 넘치는 기운을 내재하고 있다.

해서, 죽은 시체만 아니라면 상수는 바로 감지할 수가 있었다.

'암살자 놈들이다.'

상수는 놈들이 자신을 암살하기 위해 온 암살자들이라는 것을 바로 느꼈다.

그런데 조금 곤란한 것이 있다면, 대문에는 한 명이 베란다에는 두 명의 암살자가 노리고 있어 혼자서 어떻게 처리할 것인지가 부담으로 다가오고 있는 중이었다.

상수의 머리는 평소와는 다르게 맹렬히 돌아가고 있었다.

그러다가 문득 오늘 수거한 총기가 생각이 났다.

상수가 수고한 총에는 소음기도 있어 사용을 해도 크게 소란이 일지 않을 것 같아서였다.

'그래, 죽이지만 않으면 되는 거지.'

공짜로 얻었다곤 해도 요원들이 그냥 있지는 않을 것이고, 상수에게 반드시 총기를 받기 위해 올 것이라고 보고 있었다.

더군다나 상수가 총기를 사용하게 된다면 이들이 어떤 반응을 보이게 될지는 말하지 않아도 알 수가 있었다.

하지만 지금은 중요한 것은 자신의 목숨이다.

목숨을 유지하는 게 최우선일 수밖에 없다고 생각하는 상수였다.

암살자 놈들도 분명히 총기를 가지고 있을 것이라는 생각에 상수는 눈빛이 달라지고 있었고, 빠르게 총기를 꺼내 소음기를 부착하였다.

두 정의 총을 손이 쥐니 상수는 든든하게 느껴졌다.

'후후후, 오너라. 내가 아주 확실하게 박살을 내주마.'

상수는 그렇게 생각하며 놈들이 오기를 기다렸다.

다행히 오늘은 어머니도 이모댁으로 가서 주무신다고 연락을 받은 바 있다.

해서 상수는 안심이 되었다.

암살자들은 상수의 집에 도착하여 두 명은 베란다가 있는 곳으로 이동을 하였고, 한 명은 입구로 향했다.

놈들은 프로답게 번호키가 있는 곳에 무언가 액체를 뿜었다.

그러자 신기하게도 눌렸던 번호에 야광으로 지문이 빛을 발했다.

그러나 남자는 바로 번호를 누르거나 하지 않고 대기했다.

아마도 베란다로 들어가는 일행과 동시에 잠입하려는 것 같았다.

상수는 욕실의 문을 열어두고 놈들이 들어오기를 기다렸다.

욕실의 위치가 베란다와 대문을 동시에 볼 수가 있어서였다.

"준비되었으니 바로 들어간다."

"오케이 여기도 준비 끝."

놈들은 귀에 이어폰을 끼고 있어 서로 대화를 하고 있었다.

동시에 양쪽에서 문이 열리면서 들이닥치려는 것으로, 놈들은 빠르게 문과 베란다를 열며 안으로 진입했다.

그런데 이들이 들어가는 동시에 상수의 손에 있는 총이 빛을 뿜었다.

퓨슝, 퓨슝, 퓨슝!

세 발의 총알이 발사가 되었고, 세 명의 암살자는 그대로 쓰러져 버렸다.

정확하게 말하면 두 명은 그대로 즉사였고, 한 명은 죽지 않았다는 것이 정확한 표현이다.

상수는 죽지 않은 놈을 향해 달려가서는 바로 발로 놈의 다리를 걸어찼다.

퍼걱!

"크윽!"

놈은 암살자로서 제법 훈련을 받은 탓에 강한 발차기를 당해 고통을 느꼈음에도 크게 소리 지르지 않았다.

그렇게 세 암살자를 제압한 상수는 놈들의 품을 뒤적거려 가지고 있던 모든 것을 거두었다.

아직 살아 있는 놈의 품에서는 제법 많은 것들이 나왔는데, 우선 총과 단검이 나왔고 그리고 여러 가지의 장비들이 보였다.

상수는 이미 준비한 줄을 이용하여 놈을 바로 묶었다.

"조금 아프겠지만 그냥 그러고 있어라. 내가 해야 하는 일들이 많아서 잠시 후에 이야기하지. 아차, 한 가지 이야기해 주는 걸 깜빡했는데, 신음 소리 내지 마라. 그러면 아마도 세상에 태어난 것을 후회하게 될지도 모르니 말이다."

상수의 냉정하면서 차가운 목소리에 남자는 눈을 크게 뜨고 고개만 끄덕였다.

이제부터 죽은 놈을 처리하고 놈에게 알아볼 것이 많은 상수였다.

상수가 놈들의 장비를 모두 수거하였고 혹시 몰라 놈들이 가지고 있던 모든 장비를 보관하기로 했다.

상수가 장비를 수거하고 시체를 처리하는 데 걸린 시간은 불과 오 분도 되지 않았다.

시체는 집 안에 있는 대형 봉투를 활용해 그대로 담아 차의 트렁크에 넣었다.

그 과정에 상수의 기감으로 누군가의 기척이나 시선이 잡힌 것은 전혀 없었다.

피가 묻은 흔적 또한 전부 깔끔히 지웠기에 상수는 안심하며 집으로 다시 들어갔다.

이후 상수는 살아 있는 놈을 데리고 지하로 향했다.

지하는 상수가 집을 사고 난 이후 특별히 방음이 잘되도록 따로 공사하였기에 놈이 소리를 치든 무슨 짓을 하든 외부로 그 존재가 드러날 일은 없을 거라 생각했다.

지하에 도착한 상수는 아주 차분한 목소리로 질문을 시작했다.

"단도직입적으로 묻지. 너희가 나를 제거하려는 이유가 무엇이고 누가 청부를 했는지 말해봐."

남자는 상수가 보통이 아니라는 것을 알았는지 상수의 질문에 바로 대답을 했다.

"우리도 청부자는 모른다. 단지 지시를 받아 당신을 납치하여 먼저 온 두 명의 암살자가 어찌 되었는지를 파악하고 죽이라는 말만 들었다."

암살자들은 지시만 받고 움직인다는 것은 상수도 알고 있었다.

그래도 혹시 하는 마음에 질문하였지만 그는 역시나 청부자에 대하여 모르고 있었다.

"그러면 다른 질문. 너희가 속해 있는 곳에 아는 것을 모두 말해라."

현재 상황이 개선될 가능성이 없음을 느끼고 체념한 남자는 한동안 머뭇거렸다.

그러나 이내 자신이 속해 있는 조직에 대해 알고 있는 부분에 대해서는 모두 말했다.

한참을 남자의 말을 듣고 있던 상수는 하나의 말에 눈빛이 변했다.

이들은 암살을 지시받고 거기에 해당하는 돈을 받는다고 했다.

그리고 그 돈은 오직 스위스 계좌로만 입금되며, 본인 여부보다 오직 그 계좌의 번호와 비밀번호를 정확하게 아는 이만 이를 가져갈 수 있다는 이야기를 함께 들을 수 있었다.

돈 이야기를 들은 상수는 살며시 눈을 빛냈다.

암살자가 말한 게 사실이라면 막말로 그 계좌와 비밀번호를 알아내어 먼저 찾아가는 놈이 장땡이라는 생각이 들어서였다.

현재의 상수는 무엇이든 해낼 수 있을 듯한 자신감과 능력이 분명히 존재했다.

그러나 그렇다고 해서 비도덕한 행위나 불법적인 행위를 하고 싶지는 않았다.

그러나 놈들의 돈이라면 사정이 다르다.

검은돈이고, 바람직하지 못한 돈이라는 게 상수의 판단이다.

무엇보다 자신을 해치려는 놈들이기 때문에 자신은 정당하게 그 돈을 자신이 취해야 한다고 생각했다.

이는 하나의 수고비나 보상금으로 여기기 때문이다.

'아깝다. 전에 죽은 놈이랑 아까 죽은 놈들도 그런 계좌를 가지고 있을 건데…….'

상수는 죽은 놈들에게 계좌와 비번을 받지 못한 것이 아깝다는 생각을 하고 있었다.

"네 계좌와 비밀번호는 무엇이지?"

상수의 말에 남자는 상수가 원하는 것이 무엇인지를 대번에 알았다.

하지만 남자는 그런 상수의 질문에 대답을 하지 않을 수가 없었다.

자신을 바라보고 있는 상수의 눈에 비친 붉은 기운 때문이었다.

상수의 눈은 붉은 기운이 담긴 빛이 새어나오고 있었다.

그것은 바라보고 있는 상대를 섬뜩하게 만드는 공포이자, '짐승의 눈'이었다.

인간의 기운이라기보다는 맹수의 기운이라 해도 과언이 아니었다.

공포로 서서히 이성이 마비된 남자는 파르르 떨며 자신의
의지와 상관없이 입을 열었다.

"내 계좌와 비밀번호는……."

남자가 모든 것을 말하자 상수는 그런 남자가 보는 앞에서
계좌를 확인하기 시작했다.

남자의 말이 진실인지를 알아야 했기 때문이다.

상수는 남자가 말한 내용이 모두 확인이 되자 잠시 고민을
하게 되었다.

'이놈을 죽여야 하나? 살려야 하나?'

마음에 썩 내키는 일은 아니지만, 이미 되돌릴 수 없다 여
기는 상수다.

마음을 모질게 먹고 놈의 생사에 대한 고민을 하는 것이다.

그러다가 문득 이상한 생각이 났다.

"혹시, 오늘 죽은 놈들의 계좌와 비밀번호도 알고 있나? 만
약에 안다면 네 목숨값과 교환하겠다."

상수가 원하는 것을 알게 된 남자는 바로 대답을 하였다.

남자도 죽고 싶지는 않았는지 매우 빠른 반응이었다.

"한 명은 알고 있지만, 나머지는 나도 모른다. 한 명의 것
은 친구이기 때문에 서로 알고 있었다. 서로가 죽으면 가족들
에게 주기 위해 알고 있었던 것이다."

그러면서 남자는 다른 이의 계좌와 비밀번호를 알려주었

고, 상수는 당연히 확인하는 절차를 겪었다.

이들이 사람을 죽이고 얼마나 많은 돈을 버는지 그들의 스위스 계좌 두 개에는 엄청난 자금이 들어 있었다.

"어떻게 이렇게 많은 돈을 가지고 있을 수가 있는 거지?"

"우리는 특급의 암살자다. 그러니 그에 해당하는 돈을 받고 있다. 일급의 암살자와는 차원이 다르게 돈을 받는다. 하지만 이렇게 될 줄은……."

오늘 온 세 명의 암살자는 조직에서도 특급으로 분류가 되고 있는 자들이었다.

그만큼 실력을 인정받고 있다는 이야기였고, 그런 특급이 하는 암살은 한 건당 상당한 고액을 받고 있었다.

이들은 그 돈을 모두 스위스 계좌에 입금해 왔고, 나중에 은퇴를 하면 그 돈으로 편하게 살려고 하고 있었다.

물론 자신이 죽을 경우에는 다른 이가 그 돈을 찾아 가족들에게 전해주기를 원하기도 했고 말이다.

또한 암살자들은 돈을 입금 받지만, 이를 거의 사용하지 않을 수 있었다.

청부에 들어가는 금액과는 별개로 활용에 따른 비용은 별도로 먼저 받고 있기에 가능했다.

"좋아 나에게 협조를 하였으니 살려주도록 하지. 하지만 아마도 앞으로는 이런 일을 하지 못하게 될 거야."

상수의 말에 남자는 상수가 무슨 소리를 하는지를 모르겠다는 표정을 하였다.

하지만 상수는 더 이상 설명을 하지 않고 남자에게 슬립을 걸었다.

'슬립!'

남자는 갑자기 잠이 왔고 자신도 모르게 쓰러지고 말았다.

"슬립도 상당히 쓸모 있네."

잠이 든 남자를 보며 상수는 무예를 배우면서 익힌 것들을 활용해 남자의 몸에 자신의 기운을 불어넣어 엉망으로 만들기 시작했다.

흔히 말하는 내상을 입히는 중이었다.

마법으로 인해 깊이 잠이 들어 고통을 느끼지 못하지만, 남자의 몸은 현 상황을 느끼고 있는지 들썩거렸다.

잠시의 시간이 지나자 상수는 남자의 몸을 들고 밖으로 나섰다.

이후 상수는 빠르게 자신의 차량이 있는 곳으로 가서 남자를 태우고는 차를 몰았다.

가까운 산에 가도 되겠지만 땅에 묻은 시체를 찾으면 곤란할 수도 있기에 조금 멀리 가서 처리할 생각이었다.

상수는 멀리 이동을 하면서 사람들이 없는 장소를 골라 죽지 않은 놈을 먼저 내려놓았다.

놈은 이제 정상적인 인간으로는 생활을 하지 못하게 되었으니 아마도 암살 조직으로 돌아갈 순 없을 것이다.

"이제는 사람을 죽이는 일은 하지 말고 착하게 살아라."

상수는 그렇게 중얼거리곤 차를 몰아 떠났다.

이후 한참을 더 차를 몰아 산속 깊은 곳으로 들어간 상수는 인근을 돌아다니며 야생 짐승 하나를 죽여 가져왔다.

그리고 땅을 깊게 파 죽은 시체들을 말끔히 묻어버리고, 흙으로 어느 정도 덮은 뒤 야생 짐승을 그 위에 올린 뒤 다시 묻었다.

그렇게 깔끔히 시체를 유기한 이후 상수는 서둘러 차를 몰아 집으로 돌아왔다.

집에 도착하고 나니 어느덧 시간은 출근을 준비해야 하는 시간이 되어 있었다.

"벌써 출근을 해야 하는 시간이네."

상수는 빠르게 출근 준비를 하였고, 놈들이 주고 간 장비와 총기는 지하에 비밀리에 만들어 둔 금고에 보관을 하였다.

지하에는 두 가지의 비밀이 있는데 하나는 바로 방음이었고, 다른 하나가 다름 아닌 금고였다.

금고는 눈에 보이지 않도록 벽 속에 따로 숨어 있었기에 지하에 그런 금고가 있다고 생각하는 사람은 없을 것이다.

모든 것을 마무리한 상수는 곧 집을 떠나 회사로 향했다.

상수가 출근하니 가장 먼저 눈을 흘기는 사람이 있었는데 바로 예린이었다.

어제 일방적으로 가버린 상수를 보니 어제의 일로 아직도 화가 풀리지 않아서 그런 모양이었다.

상수는 그런 예린을 외면하고 다른 이들을 보며 가볍게 인사를 하고 있었다.

"모두 즐거운 아침입니다."

상수가 웃는 얼굴로 인사하자 여사원들은 그런 상수에게 눈웃음을 치며 인사를 했다.

"차장님, 오늘도 즐거운 하루 되세요."

"차장님, 오늘 참 멋지세요."

여사원들에게 상수는 제법 인기를 누리고 있었다.

능력 있고 나이도 젊지, 거기에다 아직 결혼조차 하지 않은 미혼이기에 상수는 처녀 여사원들 사이에서 상당한 인기인이 되어 있었다.

물론 예린도 그중 한 명이었지만, 어제의 일로 오늘은 아직 마음이 풀리지 않아 뾰루퉁한 얼굴을 하고 있지만 말이다.

상수가 일을 하면서 배우는 것들은 상당히 많았는데 그중 가장 관심을 가지는 것이 바로 영업이었다.

자신의 능력을 최대로 보여줄 수 있는 것이 바로 영업이라는 것을 상수는 느낄 수가 있었다.

게다가 험한 일들을 겪으면서 상수 스스로 알지 못하는 사이 상당히 담대해진 자신이 존재했다.

이는 누구를 상대하든 간에 당당하게 자신을 어필하는 강한 추진력으로 이어지기도 해서, 영업에 도움이 되고 있었던 것이다.

거기에 더해 붉은 동전이 가져온 묘한 마력이 사람들을 끌어당기는 점도 한몫하고 있었다.

'나는 회화가 되고, 전과는 달리 상대에게 충분히 어필할 수 있기 때문에 안에서 관리를 하는 것보다는 나가서 영업을 하는 편이 확실히 어울린다. 그리고 실제로도 그 편이 적성에 맞고 말이지.'

오랜 시간 업무를 파악해 온 끝에 상수는 드디어 그런 결정을 내렸다.

마음을 굳힌 상수는 오로지 한 길로 갈 생각이었고, 무섭게 영업에 대해 파악하기 시작했다.

붉은 동전의 기연으로 신체적으로나 정신적으로나 여러 긍정적인 변화가 찾아왔다고는 하지만, 몸을 움직이는 것만큼 상수에게 적합한 일은 드물었다.

영업이란 클라이언트를 상대하면서 자신이 원하는 방향으로 협상하고 이끌어내는 것도 중요하지만, 부지런히 발로 뛰는 실천력과 추진력, 행동력이 필요한 법이다.

그런 점에선 상수는 묘하게 자신감이 있었다.

이처럼 상수가 영업에 대하여 관심을 가지며 방향성을 가지고 행동하는 모습을 보며 리처드는 조용히 미소를 지었다.

'역시 정 차장. 본능적으로 자신이 가야 할 길을 찾아가는군요.'

리처드는 그렇게 생각하며 상수에게 도움이 될 만한 것을 생각하게 되었다.

*　　　*　　　*

한편 국정원의 요원들은 부상을 입어 병원 신세를 지게 되었다.

한 명은 뼈가 부러졌고, 다른 한 명은 타박상을 입었지만, 최소한 며칠은 거동할 수 없을 정도였다.

병원의 입원실에는 두 명의 남자가 환자복을 입고 있었고, 그 앞에는 이태수 과장이 서 있었다.

"도대체 어떻게 된 일인지 설명을 해봐."

"저기… 사실은 말입니다."

그러면서 한 남자가 자세하게 설명을 시작하였고, 그 이야기를 듣고 있는 이태수 과장의 얼굴은 시시각각 변하고 있었다.

남자의 설명이 끝나자 이태수 과장은 입을 열었다.

"정상수라는 친구가 자네들의 미행을 알고 있었다는 말이지?"

"예, 저희가 따라가고 있다는 것을 미리 알고 대비하고 있었습니다. 그리고 솔직히 저희가 정상이라고 해도 상대할 수 있는 사람은 아니었습니다. 정말 순식간에 동시에 당했으니 말입니다."

남자는 자신들이 당한 순간을 기억하고 있는지 이 과장에게 아주 세밀한 묘사를 더하여 설명을 이어나갔다.

이 과장도 상수를 미행했던 두 명의 현장 요원이 얼마나 실력이 있는지를 알고 있었다.

그런 현장 요원을 두 명이나 동시에 기절시킬 정도라면 상대는 얼마나 강하다는 이야기겠는가 말이다.

"이거 내가 무언가 잘못 알고 있는 것 같은데 말이야. 혹시 다른 것은 없는가? 내가 더 알아야 하는 것들 말이야."

"저기, 과장님 저희가 가지고 있던 총과 신분증을 그 사람이 가지고 갔습니다. 죄송합니다."

"아니, 총을 빼앗겼다고?!"

"기절한 사이에 품을 뒤져 가지고 간 모양입니다. 저희도 어떻게 할 수가 없었습니다. 그러면서 국정원의 요원이 확실하면 돌려주겠다고 하였습니다. 자신은 국정원과 싸우고 싶지 않다면서 말입니다."

"흠, 우리 국정원과는 싸우고 싶지 않다고 했다는 말이지?"

"그렇게 들었습니다. 솔직히 저는 그 사람을 감시하는 이유를 모르겠습니다. 자신을 건드리지 않으면 절대 먼저 나설 사람이 아니라고 보였습니다."

"흠……. 그런 인물을 왜 조사하라고 한 걸까?"

"예? 무슨 말씀이십니까?"

"아, 아닐세. 아무튼 몸조리 잘하고 있게. 퇴원하면 총을 찾아야 하지 않겠나."

이 과장은 그렇게 말을 하고는 병실을 나가고 있었다.

하지만 그의 얼굴에는 의문점이 가득 담겨 있었다.

이태수 과장이 그런 생각을 하고 있을 무렵, 공사판에 있던 상수와 통화를 했던 남자도 노인에게 보고하고 있었다.

"어르신, 정상수에 대한 감시는 거두었습니다."

"무슨 문제가 있는 건가?"

"아닙니다. 우리 애들을 보냈는데 세 명이 모두 당했습니다. 정상수가 그만큼 실력이 강하다는 말입니다. 그리고 국정원도 감시를 붙였다가 당한 모양입니다."

"허어, 국정원의 요원이라면 현장 요원이 당했다는 말인가?"

노인은 국정원에 대해 잘 알고 있는 눈치였다.

"예, 두 명의 현장요원이 그냥 박살이 났다고 합니다. 저희 애들 이야기로는 그냥 날아다닌다고 합니다. 그리고 감시를 멈춘 이유는 정상수는 자신이 암살을 당해야 하는 이유를 모르고 있었습니다. 무언가 다른 일로 묘하게 엮인 것 같아 그냥 철수를 하라고 지시하였습니다."

노인은 남자의 말에 무언가 생각에 빠진 얼굴이 되었다.

암살을 하라고 지시를 내린 조직은 결코 보통의 조직이 아니었다.

그런데 그런 조직에서 암살을 하라고 특급을 보낸다는 것이 이해가 도무지 이해가 가지 않는 노인이었다.

이는 상수와 대화를 나누었던 사내 또한 가졌던 의문이었다.

지극히 평범한 인물, 정상수. 아무리 따져 봐도 뭔가가 있을 거라 생각되지 않는 일반이에 불과했다.

"그에 대한 조사는 해보았나?"

"예, 저희가 조사한 것은 정말 평범한 사람이라는 것이었습니다. 한 가지 걸리는 것이 있는데 얼마 전에 경비로 취직을 하여 해외로 나간 일이 있었습니다. 아마도 거기서 무슨 문제가 생겨 암살을 당하게 된 것이 아닐까라는 생각을 하였습니다."

"그러면 우리와는 관계가 없다는 이야기냐?"

"네, 아무런 관계가 없습니다."

남자가 거의 확신에 가까운 대답을 하자 노인은 고개를 끄덕였다.

그만큼 남자를 신뢰하고 있다는 이야기였다.

"그렇다면 감시할 이유가 없지. 국정원에도 그렇게 전해주마."

"예. 알겠습니다, 어르신."

남자는 상수가 상당한 실력을 가지고 있다는 사실에 솔직히 흥미를 느끼고 있었다.

한국에도 무인들이 있기는 하지만 상수와 같은 실력을 가지고 있는 이들이 그리 많지 않았기 때문이다.

말로만 들었을 뿐, 나중에는 한번 겨루고 싶은 생각을 가지고 있었기에 작은 도움을 주려고 한 것이다.

'후후후, 내가 해줄 수 있는 도움은 이것이 전부이다.'

남자가 상수에게 호의를 가지고 약간의 도움을 주고 싶었다.

억울하게 암살 대상이 되는 모습이 안쓰럽기도 했다.

더군다나 자신도 과거 상수처럼 어려운 시절을 보낸 청년이었기에, 왠지 모르게 같은 한국 사람으로서 정감이 간 것 또한 한몫했다.

상수는 이로 인해 상당한 도움이 되었지만 말이다.

노인과 사내가 대화를 나눈 지 얼마 지나지 않은 시각, 이 태수는 갑작스레 걸려온 전화로 인해 상당히 혼란스러워하고 있었다.

"아니 이건 또 뭐야?"

노인의 전화는 정상수에 대한 정보를 파기해 달라는 요청 이 들어온 것이다.

거기에 더하여 국정원에서 더 이상 그와 관련해 관심을 가 지지 말라는 말도 덧붙였다.

처음과는 완전히 다른 말이었기에 이태수는 지금 상황을 어떻게 받아들여야 할지 몰라 했다.

도대체 정상수라는 인물이 누구이기에 노인이 그렇게 관 심을 가지고 있는지 궁금해지기 시작했다.

"내가 한 번 만나봐야겠네. 이거 도대체 궁금해서 참을 수 가 없으니 말이야. 대체 어떤 남자길래……."

이태수는 그렇게 생각을 하고 바로 사무실을 빠져나왔다.

*   *   *

상수는 사무실에서 열심히 업무를 익히는 데 여념이 없었다.

상수가 배우는 업무의 양이 상당히 많았지만, 요즘 들어 이상하리만큼 머리가 좋아지고 빠르게 돌아갔다.

그런 덕분에 어렵지 않게 업무를 수월히 흡수하고 소화해내고 있었다.

굳이 따진다면 보통 사람들의 두세 배 정도의 능률을 보이고 있었다.

그런 상수를 보며 사원들은 상수를 괴물로 인정할 수밖에 없었다.

7개 국어를 능수능란하게 하면서, 처음 배우는 업무를 능숙하게 처리해내는 그 무서운 실력은 혀를 내두르지 않고는 못 배길 수준이었다.

"저게 사람이야? 괴물이지."

"나는 죽어도 저렇게 못할 거야."

남자 사원들은 상수에게 질투도 하지만, 업무를 처리하는 것을 보면 경악하지 않고는 배길 수 없었다.

그만큼 상수가 하는 양이 엄청나다는 말 외에는 설명할 방법이 없었다.

"정 차장님, 지사장님이 부르세요."

업무에 매진하고 있는 상수를 보며 예린은 리처드의 지시를 전했다.

"고마워요, 예린 씨."

상수의 부드러운 말에 예린의 어제의 일은 머릿속에서 사라졌는지 입가에 아름다운 미소를 지어주었다.

리처드는 상수가 들어오자 아주 반갑게 인사를 했다.

"어서 오시오, 정 차장."

"찾으셨다고 들었습니다."

"하하하, 역시 정 차장은 일에 있어서는 조금 급한 것 같아요. 다름이 아니라 오늘 외국의 바이어가 온다고 하니 정 차장이 직접 그 사람을 접대해 주었으면 해서 부른 겁니다."

상수는 아직 영업에 대해 배우지도 못했는데, 벌써 바이어를 직접 상대해야 한다고 하니 긴장이 되지 않을 수 없었다.

하지만 그렇다고 피할 생각은 전혀 없는 상수였다.

"알겠습니다. 그런데 제가 해야 하는 일은 어떤 겁니까?"

"그분과 대화를 하면서 원하는 것을 파악해 보세요. 저도 아는 분인데 유머도 있고 재미있는 분이니 말입니다."

리처드는 자세한 이야기를 해주지 않는 것이 직접 몸으로 때우라고 하는 것 같았다.

하기는 영업이라는 것이 본디 몸으로 직접 체감해야 하는 일이니 직접 만나봐야만 알 수 있기는 했다.

"알겠습니다. 오후에는 시간이 남으니 상관이 없습니다."

상수의 대답에 리처드는 미소를 지었다.

"잘해 보세요. 나는 정 차장에게 거는 기대가 큽니다."

"지사장님께서 그렇게 말씀하시니 더욱 부담이 가는군요. 최대한 노력을 하겠습니다."

상수는 그렇게 말을 하고 돌아갔다.

오후의 시간이 되자 상수는 바이어를 만나기 위해 사무실을 나가고 있었다.

그때 갑자기 핸드폰이 울렸다.

"여보세요?"

상수는 모르는 번호라 받지 않으려고 하다가 그냥 받았다.

"정상수 차장이십니까?"

"예, 그렇습니다만, 누구십니까?"

"아, 여기 태성그룹입니다. 잠시만 기다려 주십시오."

상수는 태성그룹이라는 소리에 거기서 무엇 때문에 전화를 걸었는지를 떠올려 보았다.

자신은 태성그룹과 친하지도 않았고 통역 문제로 잠시 이창섭을 도와준 것이 전부였기 때문이다.

약간의 시간이 지나자 상대의 목소리가 들렸다.

"정 차장님, 이창섭입니다."

"아, 안녕하세요. 그런데 무슨 일로?"

"오늘 시간이 되시면 잠시 시간 좀 내주실 수 있겠습니까?"

"제가 오늘은 바이어를 만나야 해서 시간 약속을 할 수가 없습니다, 이사님."

상수는 자신의 일이 먼저였기에 그렇게 대답을 하였다.

이창섭도 상수가 바이어를 만나야 한다는 말에 상대에게 약속을 받아낼 수가 없었다.

"그러면 내일은 어떻습니까?"

"아니, 시간을 내는 거야 그렇지만 무슨 일로 그러십니까?"

상수는 이유를 알아야 약속을 할지, 아니면 거절을 할지를 결정하려는 것이다.

태성그룹.

국내 굴지의 재벌 기업 중 하나이지만, 상수에게는 크게 생각이 되지 않았기에 당당하게 대화할 수 있었다.

창섭은 상수의 당당함이 마음에 들었는지 바로 대답을 하였다.

"하하하, 정 차장님은 언제나 당당하신 것이 아주 좋습니다. 다름이 아니라 먼젓번 사우디의 아브라 왕자님께서 차장님을 꼭 다시 만나고 싶다고 해서 연락을 드린 겁니다. 그분께서 차장님이 있는 자리에서 계약을 하고 싶다고 하셔서 그

날의 통역을 정 차장님이 해주셨으면 합니다."

상수는 사우디의 왕자가 아직도 자신을 생각해 준다고 하니 솔직히 고맙기는 했지만 한편으로는 부담도 갔다.

자신을 데리고 가려는 생각을 가지고 있는 게 분명해 보였기 때문이다.

상수가 바로 대답하지 않자 창섭은 다시 말을 이었다.

"저도 정 차장님이 부담스럽게 생각하시는 것은 압니다. 하지만 이번 건은 우리 그룹에 상당한 도움이 되는 계약이기 때문에 정 차장님이 도움을 주셨으면 합니다. 계약이 성사되면 그룹 차원에서 절대 그냥 있지는 않을 겁니다."

결국 창섭의 말은 도움을 주면 그에 따른 보상을 해주겠다는 이야기였다.

제4장 사우디 왕자 다시 만나다

상수는 아무리 태성그룹이라고 해도 자신은 한 회사에 근무하는 입장이라는 것을 생각지 않고 하는 부탁이라는 생각도 들었다.

"저기 이사님, 제가 도움을 주고 싶지만 저도 회사에 매여 있는 입장입니다. 우선은 우리 지사장님에게 먼저 허락을 받아야 저도 도움을 드릴 수가 있습니다."

상수의 말이 틀리지 않기에 이창섭은 이해를 하면서도 조금은 기분이 상했다.

한국에서 태성그룹이 가진 힘은 결코 적지 않다.

그룹의 경제 규모는 물론이고, 한국 경제와 정치에 끼치는 영향 또한 결코 무시할 수 없다.

그런 태성그룹의 이사와 통화하면서 저렇게 당당하게 말할 수 있다는 사실이 신선하면서도 조금은 마음이 상하는 건 어쩔 수 없는 노릇인 것이다.

창섭 자신이 비록 인정하는 사람이기는 해도, 그룹의 이미지를 생각하면 저런 태도를 보이는 것은 아니라고 생각이 들었다.

창섭이 가지고 있는 그룹의 이미지는 타인에게 압도적으로 높은 위치에 있는 귀족이라는 사고방식과 다르지 않았다.

"아, 그러면 제가 지사장님에게 먼저 연락을 드려 허락을 받겠습니다."

"예, 이렇게 말씀드리게 되어 죄송합니다."

상수가 마지막에 사과를 하니 창섭도 조금은 기분이 풀려 입가에 미소가 지어졌다.

'그러면 그렇지. 감히 우리 태성을 무시하지는 못하지.'

창섭은 상수의 말을 오해하지 않았지만, 그 당당함이 조금 불만이었다.

하지만 자신의 처지에서 어쩔 수 없다는 듯한 느낌이 섞인 사과에 마음이 풀리게 되었다.

창섭의 성격은 약간 오만함을 가지고 있다.

지휘가 사람을 그렇게 만든다고 하던가.

남들이 보기에 창섭은 귀한 집의 자식이나 다를 바 없어 자신의 태도에 문제가 없다 여기는 그이기도 했다.

어쨌거나 창섭과 통화를 마친 상수는 전화를 끊고는 바로 언짢아 하며 중얼거렸다.

"아니, 내가 왜 다른 회사의 계약을 해주어야 하는 거지? 자기네들이 알아서 하면 되는 것을……."

상수는 지금 하고 있는 일도 바빠 죽겠는데 자신이 다른 회사의 계약을 체결해 주어야 한다고 생각하니 솔직히 기분이 좋지는 않았다.

사우디 왕자가 아니라 그 할아비와 한다고 해도 자신과 회사에 도움이 되지 않으면 썩 내키지 않는 건 어쩔 수 없다.

지난번의 경우에는 지사장의 부탁이 있었으니 그러려니 하는 면이 없잖아 있었지만, 이번은 다르다.

그때는 그때, 이번은 이번.

거래 업체이기도 한 태성그룹과 좋은 관계를 위해서라곤 해도 이렇게 계속 부탁을 하는 건 아니라 여기는 상수다.

상수가 그렇게 짜증이 났지만, 오늘은 바이어를 만나야 하니 그런 기분을 정리하는 데 애를 썼다.

"우선은 오늘 일이 중요하니 마음을 비우자."

상수는 그렇게 생각을 하고는 약속 장소로 향했다.

오늘 만나야 하는 바이어는 외국인이었고, 유럽에 제법 이름이 있는 회사에 근무하는 사람이었다.

상수는 사진으로 얼굴을 보았지만 기억을 하고 있었기에 약속 장소에 도착을 하자마자 가장 먼저 그 사람이 도착했는지를 확인했다.

"아직 도착하지 않은 것 같으니 내가 먼저 자리를 잡아두어야겠어."

상수는 그렇게 생각하고는 조용히 이야기할 수 있는 자리를 찾았다.

그렇게 보다가 딱 한 곳이 마음에 들어 상수는 바로 카운터로 가서 자리를 예약하곤 자리로 향했다.

창가에 있는 자리였는데, 다른 테이블과는 조금 떨어져 있어 대화에 방해가 없어 보여서 아주 좋았다.

상수는 자리에 앉아 상대가 오기를 기다렸다.

외국인들은 시간을 정확하게 지키기 때문에 아직 시간이 남은 상수는 마음을 편하게 먹고 있었다.

"그런데 바이어가 원하는 것이 무엇일까? 지사장님은 아시고 계시는 것 같았는데 말을 해주지 않으니 쩝!"

상수는 리처드가 말을 해주지 않아 고민하고 있지만 이런 일도 하나의 경험이라고 생각이 들었다.

영업은 경험이 많은 사람에게는 그만한 노하우를 가지고

있었기 때문에 이런 기다림도 지루하지 않다고 들은 바 있다.

그러나 아직 경험이 적어 그런지 상수는 지루하지는 않지만 머릿속이 복잡했다.

그때 입구로 들어오는 중년의 남자가 보였다.

바로 상수가 기다리는 바이어였다.

상수는 손님이 오자 일어서서 상대방에게 다가가서 차분하게 인사를 하였다.

"칼베인의 한국지사에 근무하는 정상수 차장이라고 합니다. 오늘 약속하신 마이클 이사님 맞습니까?"

"제가 마이클입니다. 정 차장님은 들은 그대로입니다."

아마도 상수에 대한 이야기를 리처드에게 들은 모양이었다.

"감사합니다. 이쪽으로 가시죠."

상수는 자신이 직접 안내해서 자리로 갔다.

둘은 간단하게 식사를 하면서 이야기를 시작했다.

상수는 우선은 상대가 원하는 것이 무엇인지를 먼저 파악하기 위해 대화를 시작했지만, 마이클은 그런 상수가 원하는 말은 하지 않고 오로지 일반적인 이야기만 하고 있어 상수를 답답하게 하고 있었다.

"정 차장님은 아직도 혼자라고 들었는데 언제 결혼을 하실 생각이십니까?"

"결혼이라면 아직 준비가 되지 않아 생각을 하지 않고 있습니다, 마이클 이사님."

상수는 이제는 자신의 결혼에 대한 주제로 대화가 이어지자 무언가 결단이 필요하다고 생각했다.

'아니, 이 양반이 도대체 오늘 나에 대한 호구 조사를 하러 온 거야, 뭐야? 일에 대한 말은 한마디도 하지 않고 엉뚱한 말만 하고 있네.'

상수는 속으로 그렇게 생각하며 마이클을 이상하게 보게 되었다.

이거는 무슨 마담뚜도 아니고 자신의 개인 신상에 대해 마이클이 궁금해 할 이유가 없었기 때문이다.

하지만 상수의 내심과는 다르게 마이클은 계속해서 상수에 대한 이야기만 했다.

"정 차장님은 외국에 사시는 것에 대해 어떻게 생각하세요?"

"외국이라 그것도 나쁘지 않지요. 하지만 저는 한국 사람이라 아직은 한국에 정감이 가고 계속해서 살고 싶습니다."

상수의 대답에 마이클은 약간 실망한 표정을 지었다가 순식간에 사라져 버렸다.

"그렇군요. 한국 사람이라⋯⋯."

마이클은 대답에 상수는 무언가 이상하다는 것을 감지하

기 시작했다.

'이거 이상한데? 왜 갑자기 표정이 변했을까?'

상수는 자신이 모르는 무언가가 있다는 것을 감지하고는 정신을 바짝 차리기 시작했다.

그러자 상수의 몸속을 흐르던 붉은 혈기가 그의 머리를 맑게 하고 감각을 깨웠다.

그야말로 야수의 감각이 깨어나는 것이다.

그런 상수이기에 마이클의 순간적인 변화를 금방 볼 수가 있었고 바로 감지할 수 있었다.

상수가 정신을 집중하기 시작하자 마이클이 한 이야기를 떠올리게 되었다.

'오늘 나에 대한 조사를 하기 위해 만나자고 한 건가? 그렇지 않으면 이런 이야기를 할 이유가 없을 것 같은데……'

이런 생각이 들자 상수는 다시금 머리가 복잡해졌다.

그때 마이클이 입을 열었다.

"자, 이제 일에 대한 이야기를 할까요?"

상수는 그 말을 지금까지 기다렸기에 바로 대답을 했다.

"좋습니다. 그렇게 하시지요."

상수와 마이클은 일에 대한 이야기를 시작했고 마이클은 상수에게 기계를 주문해 달라는 말을 하였다.

상수는 마이클이 주문한 기계에 대해서 이미 알고 나왔기에 서로간에 대화를 편하게 시작했다.

한참의 줄다리기를 한 상수는 마이클과 결국 계약을 성사할 수 있었다.

꽤 돌아온 감이 없잖아 있지만, 그래도 둘 모두 만족스러운 결과였다.

"오, 정 차장님, 영업 능력이 상당합니다. 당신의 말을 듣고 있으면 정말 당신의 말이 진실인 것같이 느껴지니 말입니다. 당신은 타고난 언변가 같습니다."

마이클이 보기에 상수는 정말 말을 잘한다고 생각하고 있었다.

상수가 하는 말은 모두 진실처럼 느껴질 정도로 말에는 진심이 담겨 있었다.

그러니 상대는 그런 상수의 언변에 넘어가지 않을 수가 없었고, 어느덧 계약을 하고 나서야 상황을 깨달은 것이다.

일이 이렇게 되고 보니 마이클은 상수를 보며 감탄하지 않을 수 없었다.

사실 상수에 대해 호구 조사를 하듯 여러 가지를 물어본 것은 리처드의 입에서 흘러나온 상수에 대한 칭찬 때문이기도 했고, 영업자의 정신을 혼란스럽게 만들어 자신에게 유리한 방향으로 몰기 위한 그만의 방법이기도 했다.

하지만 상수는 여기에 흔들리지 않았고, 외려 업무에 대한 이야기로 들어가자 자신이 끌려가다시피 했던 것.

물론 여기에 붉은 동전이 준 매력의 힘이 더해진 감이 없잖아 있지만, 이는 누구도 알지 못하는 이야기.

리처드에게 조금 듣기는 했지만 이 정도로 대단한 사람인지는 몰랐던 마이클로서는 완전히 상수에게 빠져 버렸다.

"아이고, 그렇게 극찬을 하시면 제가 부끄러워 어떻게 합니까, 마이클 이사님."

상수는 상대가 하는 칭찬에 진짜로 부끄럼을 느끼고 있었다.

그런 상수에게는 순진함과 과감함이 동시에 보여 마이클은 그런 상수가 정말 탐이 났다.

"지금 다니시는 회사에 불만이 생기거나 마음에 들지 않게 되면 저희 회사로 오십시오. 제가 책임지고 취직시켜 드리겠습니다."

마이클은 리처드와의 인연 때문에 이렇게 말을 하고 있지만, 사실 마음속으로는 당장에라도 상수를 스카웃해서 데리고 가고 싶을 정도였다.

"하하하, 성의는 고맙습니다. 하지만 아직은 저를 필요로 하는 분이 계셔서 그렇게 할 수는 없군요. 아무튼 마이클 이사님의 말은 기억하고 있겠습니다."

상수는 진심으로 마이클에게 고맙다는 인사를 하고 있었다.

저런 상수의 모습이 상대방에게는 더욱 관심을 가지게 한다는 사실을 본인은 모르고 있는 것 같았다.

본디 사람은 가질 수 없는 것을 더욱 탐하게 마련이니까.

하기는 그러니 마음에 드는 것이지만 말이다.

어쨌거나 상수는 그렇게 첫 계약을 만족스럽게 마치고 회사로 복귀할 수 있었다.

아직 퇴근 시간이 되지 않아, 모두들 매우 바쁘게 움직이고 있었다.

상수는 우선 리처드 지사장에게 가서 오늘 계약에 대한 보고를 하고 있었다.

"계약은 잘되었습니다. 여기 계약서입니다."

"하하하, 이미 전화를 받았습니다. 그리고 마이클 이사가 정 차장님을 스카웃하려고 했다는 말도 들었습니다."

리처드는 상수가 스카웃에 대해 아주 단호하게 거절하였다는 말을 듣고는 솔직히 상당히 흐뭇해하고 있었다.

상대가 신의를 배신하지 않는 것에 만족했기 때문이다.

상수는 그런 이야기도 할 줄은 생각도 못했기에 놀란 얼굴이 되었다.

"아니 그런 이야기도 합니까?"

"하하하, 정 차장이 생각하는 이상으로 이곳은 치열한 전쟁터입니다. 상대의 허점을 노리는 일은 다반사이기도 하지요. 아무튼 오늘 정 차장님의 대한 칭찬이 상당하더군요. 수고하셨습니다."

"수고는요. 당연히 해야 하는 일이었습니다. 그리고 가다가 태성에서 전화가 왔었습니다, 지사장님."

"아, 그 건 말이군요. 저도 연락을 받았습니다. 사실 태성과 관계가 있어 도움을 주고 있지만 그보다는 사우디의 아브라 왕자님이 우리에게는 더 중요한 손님이기 때문에 이번 계약은 정 차장님이 도움을 주세요."

리처드의 지시가 있으니 거절을 하지 못하게 되었다.

"알겠습니다. 지사장님의 지시대로 하겠습니다."

"정 차장님 왕자님에게 좋은 인상을 심어주세요. 나중에 크게 도움을 받을 수도 있으니 말입니다."

영업을 하는 사람이라면 가장 중요한 부분이 바로 인맥이었고 리처드는 그런 인맥을 잘 관리하라는 말이었다.

상수도 이제는 조금 영업에 눈을 뜨게 되니 리처드의 말도 금방 알아듣고 있었다.

"알겠습니다, 지사장님."

리처드는 그런 상수를 보며 빙그레 미소를 지으며 계약서를 주었다.

"자, 여기 계약서를 나가면서 전해주세요. 본사로 바로 보내야 하는 중요 계약이니 말입니다."

리처드의 비서로 있는 예린이 이런 일을 담당하고 있기에 나가면서 전해주라는 말이었다.

"알겠습니다, 지사장님."

상수는 계약서를 받아 사무실을 나갔다.

밖에는 예린이 초롱초롱 빛나는 눈빛으로 상수를 바라보고 있었다.

상수는 그런 예린을 보니 정말 웃겼지만 그렇게 할 수는 없었기에 속으로 참아 넘겼다.

"여기 계약서를 본사로 보내라고 하시네요."

예린은 상수가 주는 계약서를 보며 놀란 표정이 되었다.

"어머, 정 차장님 오늘 엄청난 계약을 하셨네요?"

오늘 상수가 한 계약은 제법 큰 매출로 이어지는 계약이었기에 예린이 놀란 얼굴을 하였다.

이제 겨우 영업을 익히고 있는 사내가 이 정도 규모의 계약을 성사하다니⋯⋯.

아직 한국 지사에 입사했던 신입 인력 중 이런 실적은 없었기 때문이다.

"예, 월급을 받기 미안하지 않을 정도는 되는 것 같습니다."

상수는 사실 업무를 배우면서 월급을 받기 미안하다는 생각을 하고 있었다.

밑에 있는 직원들에게 업무를 배우며 보내왔으니, 이들의 눈치도 보아야 했기에 더욱 그런 생각이 들었다.

그러다 오늘에야 겨우 그런 생각에서 벗어날 수가 있게 되었다.

'이 남자 물건이다!'

하지만 예린은 상수가 이런 엄청난 계약을 하고 왔다는 사실에 눈에서 묘한 하트가 그려지고 있는 중이었다.

물론 일방적인 하트지만 말이다.

상수는 그런 예린을 뒤로하고 자신의 책상으로 갔다.

상수는 자리에 앉자 바로 태성에 전화를 걸었다.

드드드드.

"네, 안녕하세요. 태성그룹 이창섭 이사님실입니다."

외부 전화를 받은 비서가 상냥한 목소리로 인사하며 응대를 해왔다.

"안녕하십니까, 카베인의 정상수 차장이라고 합니다. 이창섭 이사님과 통화를 하고 싶어서 연락을 드렸습니다. 제 이름을 말씀드리면 아마 반응하실 겁니다."

비서도 상수에 대한 이야기를 들었는지 바로 창섭에게 연결을 해주었다.

"잠시만 기다려 주시겠어요? 바로 연결해 드리겠습니다."

상수는 비서의 목소리가 참 예쁘다고 생각하며 연결이 되기를 기다렸다.

약간의 시간이 지나니 창섭이 직접 전화를 받았다.

"네, 전화 받았습니다."

"안녕하십니까, 이창섭 이사님. 정상수 차장입니다."

"오, 정 차장님 연락을 주신 것을 보니 드디어 결정이 난 모양입니다."

"예, 시간을 정해주시면 바로 가도록 하겠습니다."

"그러면 지금 바로 오시겠습니까? 오늘 저녁을 먹으면서 계약을 진행했으면 합니다. 아브라 왕자님 측에는 지금 바로 이야기를 전달하도록 하겠습니다."

상수는 오늘 바로 하자는 말에 바로 수락을 했다.

"알겠습니다. 그러면 바로 출발하도록 하겠습니다. 태성그룹 본사로 가면 되겠습니까?"

"그렇게 하세요. 정문에는 미리 이야기를 해두겠습니다."

상수는 그렇게 통화를 마쳤다.

그런데 주변에 있던 사원들의 눈빛이 이상했다.

여사원들이야 항상 그러니 이해를 했지만 오늘은 남자들의 눈빛도 이상해 보였다.

이들은 상수가 태성그룹의 이창섭 이사와 만날 예정이라

는 이야기를 듣고는 사실 상당히 놀라고 있었다.

입사한 지 얼마 되지 않은 그가 이런 놀라운 일을 벌이게 된다는 소리에 다들 경악한 것이다.

"모두 일들 하세요."

상수는 남자들이 이상한 눈빛을 하며 보자 바로 한마디를 했다.

"예, 차장님."

남자들은 그런 상수의 말에 바로 대답을 했다.

과장들은 처음과는 다르게 상수를 바라보고 있었다.

상수는 그렇게 말을 하고는 급하게 사무실을 나가게 되었다.

상수가 나가자 예린이 본사로 계약서를 보내고 사무실로 나왔다.

그러고는 가장 친하게 지내는 여사원에게 다가가 말을 전하기 시작했다.

"오늘 정 차장님이 엄청난 계약을 하고 왔는데 얼마짜리인지 아니?"

"얼마나 되는데 엄청나다는 말이야?"

예린의 목소리는 커서 모두가 들을 수가 있을 정도였다.

"오늘 한 계약서에 나온 금액만 해도 사천만 불짜리야. 그런데 다른 계약도 우리 회사와 하겠다고 나와 있으니 더 커지겠지. 정말 대단하지 않니?"

카베인 한국지사가 세워진 지는 그다지 오래되지 않았다.

그리고 지금까지 카베인 한국지사가 주로 거래를 한 것은 국내의 그룹들.

그러나 시선을 돌려 해외의 지사들이 있음에도 불구하고 역수출을 꾀한 상수의 의견이 만들어낸 계약은 상당히 놀라운 결과를 가지고 있었다.

아직 한국지사에서는 천만 불을 넘어서는 계약을 따낸 바가 없다.

그런데 상수가 혼자 가서 따온 계약이 무려 사천만 불짜리였다.

리처드의 지시로 가서 성사한 것이라곤 해도 결코 무시할 수 없는 금액.

예린이 괜히 경악하는 것이 아니었다.

그렇다 보니 다른 남자 직원들 또한 이를 엿듣고 경악하는 상황이 되어 버렸다.

예린 덕분에 상수는 남자들에게는 엄청난 능력을 가진 남자로 인식을 심어주게 되었고, 상수의 회사 생활은 앞으로 탄탄대로를 향해 달려갈 것으로 보였다.

회사에서 어떤 일이 벌어지고 있는지 알지 못하는 상수는 예정대로 태성의 본사에 도착하고 있었다.

상수의 차량이 진입하자 경비를 보던 사람은 차를 멈춰 세웠다.

"어떻게 오셨습니까?"

"이창섭 이사와 약속이 있어 왔습니다."

"아, 카베인에서 오셨군요. 연락 받았습니다. 그냥 내리시면 저희가 주차를 시켜 드리겠습니다."

차에 키를 그냥 두고 가라는 말이었다.

"고맙습니다."

상수는 이내 차에서 내려 바로 건물의 입구로 들어갔다.

안으로 들어가니 안내데스크가 눈에 들어왔고, 상수는 바로 그쪽으로 향했다.

"카베인의 정상수 차장이라고 합니다. 이창섭 이사와 약속이 되어 왔는데 어떻게 가면 되는가요?"

상수의 말에 아가씨는 아주 상냥한 미소를 지으며 대답을 했다.

"아, 연락을 받았습니다. 잠시만 기다려 주시겠어요?"

"아, 예."

아가씨는 어디론가 연락을 하였고 잠시 기다리니 다른 아가씨가 상수가 있는 곳으로 왔다.

"정상수 차장님 되세요?"

"예, 제가 정상수입니다."

"반갑습니다. 저를 따라오세요."

아가씨의 말에 상수는 따라가게 되었다.

미모도 있고, 키도 큰 아가씨라 그런지 뒤태가 아주 보기 좋아 눈요기를 하고 있는 상수였다.

아가씨를 따라 엘리베이터를 탔고, 잠시의 시간이 지나 엘리베이터가 멈추자 내리게 되었다.

상수는 이창섭이 있는 사무실로 안내를 받았고 그 안에는 이창섭만 있는 것이 아니었다.

"하하하, 어서 오세요, 정 차장님."

"예, 반갑습니다, 이사님."

상수는 창섭이 웃으면서 인사를 하니 자신도 반갑게 인사를 하게 되었다.

웃는 얼굴에 침을 뱉지 못한다는 속담이 생각나는 장면이었다.

상수가 인사를 하자 창섭은 주변에 있는 사람들을 소개해 주었다.

"여기 이분은 저에게는 삼촌이 되시고 지금 사장으로 계시는 분이십니다."

창섭의 소개가 끝나자 각자 인사를 하였다.

"만나서 반갑소. 태성 전자의 사장으로 있는 이진철이라고 합니다."

"예, 반갑습니다. 카베인의 정상수 차장입니다."

상수는 한참을 그렇게 인사를 하며 시간을 보내게 되었다.

사실 오늘 온 이유는 계약 때문이기도 하지만, 창섭은 상수를 그룹에 소개해 주려는 사심을 얻어 그를 부른 것이다.

그만큼 창섭은 상수를 크게 보고 있었다.

무엇보다 인재를 잘 알아보는 것으로 유명한 리처드가 큰 관심을 보이는 사내가 바로 상수니 말이다.

게다가 사우디의 아브라 왕자마저도 인정하는 남자였기에 앞으로 알아두는 것만 해도 손해는 없으리라는 생각이 포함되어 있었다.

해서 그룹에 근무하는 높은 분들에게도 인사시켜 주려 본사로 상수를 부른 것이다.

애초에 이런 자리를 마련한다는 것부터가 쉬운 일이 아니기에 창섭의 입장에서는 서로 손해가 가지 않은 좋은 자리라고 생각하고 마련한 자리였다.

그렇게 상수는 태성의 사장들과 인사를 나누고 나서 자신이 갑자기 다른 나라에 와 있는 듯한 기분이 들었다.

애초에 이런 일이 생길 거라곤 상상조차 하지 못했던 상수다.

얼마 전까지만 하더라도 택시 운전이나 하고 있던 그가 아닌가.

그러던 그가 국내 굴지의 그룹 중 하나인 태성그룹의 사장들과 인사하고 사우디아라비아의 왕자의 호감을 끌어낸다니……

'아니 계약 때문에 오라고 하고는 저런 거물들을 소개해주는 이유가 무엇이지?

상수는 거물도 상당한 거물들이었기에 조금은 놀란 눈빛을 하고 있었지만 겉으로는 그저 담담한 표정을 짓고 있었다.

"하하하, 사우디의 왕자님이 칭찬이 대단한 분이라 꼭 만나보고 싶었는데 이렇게 보게 되어 정말 반갑습니다. 정 차장님."

오늘 이 자리에서 가장 거물로 인정을 받고 있는 인물이 상수를 보며 아주 정답게 말을 걸었다.

그는 다름 아닌 태성그룹의 이인자, 태성그룹의 부회장이었다.

상수는 상대를 알아보곤 아주 정중하게 대답을 하였다.

"저를 그렇게 봐주시는 왕자님에게 그저 감사할 뿐입니다. 그리고 부회장님이 그리 극찬의 말씀을 해주시니 몸둘 바를 모르겠습니다. 저는 그냥 평범한 영업사원이니 그냥 편하게 대해 주셨으면 합니다."

상수는 진짜로 영업을 하는 차장이었기에 그렇게 말을 하고 있었다.

그러나 다른 이들은 그런 상수를 보며 다른 의미로 이를 받아들이고 있었다.

이들은 창섭이 하도 설레발을 쳐서 상수가 상당한 능력을 지닌 인물로 생각하고 있었다.

해서 지금 상수의 말을 그저 겸손하게 하기 위해 하는 소리로 들렸기 때문이다.

"하하하, 정 차장님은 상당히 겸손하시니 나중에 크게 되시겠습니다. 제가 인생 선배로 충고하자면 부디 그 마음을 잊지 마시기 바랍니다."

부회장은 살아온 세월이 있기에 손자 조카 같은 상수를 보고 충고를 해주었다.

"감사합니다. 충고 잊지 않겠습니다, 부회장님."

상수는 진심으로 상대의 충고를 받아들이는 마음으로 대답을 하였고, 그런 상수의 태도에 다른 이들은 눈빛이 빛났다.

아무리 나이를 먹어도 초면에 충고를 저렇게 받아들이는 사람은 없었다.

게다가 상수는 진심으로 충고를 받아들이는 모습을 보이고 있다.

모두가 느낄 정도로 아주 진지하게, 그리고 진심으로 말이다.

창섭은 그런 독특한 상수가 아주 마음에 들었다.

"하하하, 정 차장님 오늘 혼이 나십니다."

"아닙니다. 저는 선배님의 충고를 받은 것이니 오히려 저에게는 좋은 약이 되었습니다. 앞으로도 좋은 충고가 있으면 언제든지 말씀해 주십시오. 저는 겸허하게 받아들일 준비를 하고 있겠습니다."

상수의 태도에 모든 이들의 눈빛이 감탄으로 가득 찼다.

정중하면서도 절대 오만하지 않은 그런 태도를 보여주고 있으니 이들이 속으로 많이 놀라고 있었다.

'창섭이가 칭찬을 하도 해서 나왔는데, 정말 대단한 인물이다. 저런 인재를 우리 태성이 품었어야 하는데 아깝구나.'

부회장은 상수를 보며 그런 생각이 들었다.

아직 상수에 대한 정보는 없었지만 듣기로 7개 국어를 아주 유창하게 할 수 있다고 들었기에 더욱 그런 생각이 들었다.

'저 친구에 대해 조사하라고 해야겠어. 방법이 있으면 우리 그룹으로 스카웃하는 것도 괜찮겠지. 정말 아주 마음에 드는 친구이니 말이야.'

부회장만 그런 생각을 하는 것이 아니라 주변에 있는 다른 사람들도 같은 생각을 하고 있는 중이었다.

창섭은 대강 인사를 마쳤으니 이제 계약을 위해 이동해야 한다는 생각이 들었다.

"정 차장님, 인사는 하였으니 이제 함께 가시죠."

"예, 그렇게 하세요."

상수는 창섭을 따라 이동을 시작했다.

오늘 사우디 왕자와 하는 계약에는 부회장과 사장들 중 한 명이 함께 참석하기로 되어 있어 이들도 같이 이동할 예정이다.

그렇게 상수가 창섭과 이동한 곳은 먼저 만난 곳과는 조금 다른 분위기의 요정이었다.

'계약을 하는 곳이 요정밖에는 없나? 어째서 이런 곳에서 만나야 하는 거지?'

평범한 인물인 상수는 그런 생각이 들었다.

아무리 부자라도 이런 곳 말고 다른 곳에서 만나 계약을 할 수 있었기 때문이다.

계약을 하는 금액이 얼마나 되는지는 모르지만, 자신 같으면 이런 곳보다는 좀 더 사무적인 곳에서 계약을 하지 않을까 생각하는 상수다.

'확실히 돈이 많은 이들이 하는 계약은 나하고는 다르네. 이게 뭐, 무슨 돈지랄을 하는 것도 아니고 나는 절대 이러지 말아야지.'

상수가 그런 생각을 하면서 요정의 안에 들어가니 정말 별천지가 이런 곳이라는 생각이 들 정도로 화려하게 꾸며져 있었다.

"여기가 한국에서 가장 유명한 곳이라 장소를 여기로 정했는데 어떻습니까? 우리나라의 멋을 보여주면서도 사우디 왕자가 좋아할 것 같지 않습니까?"

창섭은 상수를 보며 물었다.

상수는 거짓말을 하고 싶지 않았기에 있는 그대로 말을 해주었다.

"정말 아름답게 만들어진 곳입니다. 유명한 집은 뭐가 달라도 다른 것 같습니다."

"하하하, 그렇지요. 유명한 집은 이름값만큼 매력을 지니고 있게 마련이지요."

창섭은 상수가 칭찬한 것에 아주 만족한 얼굴을 하고 있었다.

사실 창섭이 이곳을 장소를 정한 이유는 나름의 영업 전략이 포함되어 있긴 하지만, 상수에게 보여주려는 과시욕이 은연중 크게 작용한 탓이었다.

일행은 방으로 안내를 받았고, 잠시 대화를 하고 있으니 얼마 지나지 않아 사우디의 아브라 왕자가 도착을 하였다.

문이 열리고 왕자가 들어오면서 가장 먼저 상수에게 인사를 하였다.

"오우, 정 차장님, 오늘 오신다는 이야기를 듣고 정말 기대하고 있었습니다."

왕자는 반가워하면서 뭔가 알 수 없는 묘하고 꺼림칙한(?) 분위기를 담은 시선으로 상수를 바라보았다.

상수는 왕자가 기대를 하였다는 말에 속으로 탐탁잖은 심정을 담아 투덜거렸다.

'뭐야, 이 시선은? 내가 호모인 줄 아나. 뭘 기대해?'

마음은 욕을 하고 있었지만 겉으로는 다른 말을 하고 있었다.

"왕자님의 그 호의에 진심으로 감사하게 생각합니다."

상수가 너무도 유창한 아랍어를 구사하자 창섭 일행은 놀라지 않을 수가 없었다.

저거는 그 나라 사람이라고 해도 과언이 아닐 정도로 너무도 자연스럽게 대화를 하고 있어서였다.

'대단한 친구네. 왕자의 앞에서도 저렇게 자연스럽게 행동을 하고 있으니 말이야.'

부회장은 다시 한 번 상수에 대한 욕심을 냈다.

상수는 왕자와 잠시의 말을 나누고는 일행에 대해 소개해 주기 시작했다.

왕자와 태성의 인물들은 그렇게 소개를 받으며 인사하였

고, 자리에 앉게 되었다.

요정에 준비된 음식들이 나오기 전이라 일행들은 본격적인 이야기들이 오가기 시작했다.

왕자의 일행은 모두 세 명이었는데 그중 한 명이 비서의 역할을 하는 것 같았다.

태성과 계약은 이미 사전이 협의를 하였는지 일사천리로 진행이 되었다.

양측의 사인을 받은 계약서는 그 자리에서 바로 작성이 되었다.

계약을 마치고 얼마 지나지 않아 본격적인 요리들이 나오기 시작했다.

왕자는 계약을 마치고는 상수만 바라본 채 말을 하였다.

태성의 인물들은 그런 상수를 묘하게 보고 있었다.

창섭의 말로는 이번 계약은 상수가 있어 이루어진 것이라는 말을 들었는데 오늘 보니 정말이라는 것을 알 수가 있었다.

왕자가 상수에게 보내는 시선은 보통의 호의가 아닌 것이다.

상수는 왕자의 호의를 받으며 많은 이야기를 나누고 있었는데, 때로는 아주 웃기는 유머를 말해 왕자가 배를 잡고 웃게 만들기도 했다.

왕자의 일행도 웃음이 나오는 것을 참으려고 아주 이상한 표정을 짓는 것을 보곤, 태성 사람들은 상수의 가치를 최고로 생각하는 계기가 되었다.

제5장 태성의 집요한 제의

상수가 태성의 계약을 도와주고 나서 태성은 상수에게 엄청난 리베이트를 주었다.

　이번 계약이 일억칠천만 불 정도였는데 상수에게는 무려 십억의 리베이트를 지불하였기 때문이다.

　이는 부회장이 직접 지시를 내린 것으로 상수를 영입하기 위한 작업이었다.

　과한 리베이트를 주고 상수가 태성에 대한 인식을 좋게 심어주기 위해서였다.

　"아니, 무슨 중계비가 이렇게 많은 거지?"

상수는 엄청난 금액을 중계비라는 명목으로 보낸 태성의 의도가 의심이 되었다.

결국 상수는 전화를 걸었다.

상수가 알고 있는 창섭에게 직접 전화를 걸었다.

"정상수라고 합니다. 이창섭 이사님 부탁합니다."

"잠시만 기다려 주세요."

여자의 목소리가 들리고 잠시 후에 창섭이 전화를 받았다.

"정 차장님, 어쩐 일이십니까?"

창섭은 상수가 전화를 건 이유를 알면서도 물었다.

"다름이 아니라 저에게 보낸 돈이 너무 많아서 연락을 드렸습니다."

"그 금액은 제가 책정한 것이 아니라 부회장님께서 보낸 것이라 제가 관여할 수가 없습니다, 정 차장님."

창섭은 상수가 전화를 하면 바로 부회장에게 연결하라는 말을 들었기에 그렇게 말을 꺼낸 것이다.

처음에는 자신이 혼자 상수를 영입하려고 하였지만 지금은 그룹 차원에서 상수를 영입하려고 움직이고 있었다.

그룹의 어른들은 모두 집안사람들이었기에 창섭은 그런 분들의 의견을 환영했다.

"그러면 부회장님께 연락을 드려야 하는 건가요?"

"그거야 정 차장님이 알아서 하셔야지요. 여하튼 저는 상관이 없는 문제입니다. 제가 조금 바빠서 이만 끊습니다."

창섭은 그렇게 말을 하고 전화를 끊었다.

상수는 창섭의 태도에 기분이 좋지 않았다.

게다가 꼭 돈을 가지고 사람을 우롱하는 듯한 묘한 기분까지 들었다.

많은 돈을 준 것은 감사할 일이지만, 사람이 취하기 합당한 금액선이라는 게 상수에겐 존재했다.

자신이 한 일에 비하여 너무나 많은 금액을 줬다는 건 그 뒤에 깔려 있는 모종의 이유가 있는 듯하여 기분이 좋지 않은 상수다.

그러나 상대가 이렇게 나온다면 굳이 돌려줄 필요는 없다 느끼는 상수였다.

"이렇게 나온다는 말이지? 좋아, 나도 그러면 주는 돈이니 잘 쓰면 되겠지."

상수는 그렇게 생각을 하고는 더 이상 연락을 하지 않았다.

태성이 싫은 것이 아니라 그들이 가지고 있는 자신에 대한 관심이 싫은 것이니 말이다.

이미 경비를 할 때 대기업의 횡포를 경험한 상수였다.

힘없는 자가 대기업에 의하여 어떤 피해를 입을 수 있는지 잘 알고 있었다.

기업의 과한 욕심이나 개인에 대한 반응은 상수를 경계할 수밖에 없도록 만든다.

　문득 생각이 이전 자신이 일하던 기업, 누리로 이어지자 불쾌해지는 감정을 상수는 감추지 못했다.

　그리고 시간이 난다면 그곳에 대하여 조사를 하겠노라 생각하는 상수다.

　지금이야 자신이 아직은 그들과 비교하여 초라할 뿐이라 그냥 보고 있지만, 나중에는 달라질 수 있다고 생각하고 있었다.

　다음 날, 태성그룹의 부회장은 불편한 마음을 감추지 못한 채 이창섭 이사를 소환한 채 이야기를 나누고 있었다.

　"어제 연락을 했다고 하지 않았냐?"

　"예, 저에게 분명히 연락을 했고, 저도 부회장님이 직접 관리는 하는 것이니 직접 전화를 하라고 하였습니다."

　"허어, 그런데 나에게는 연락을 하지 않는다는 이야기인가."

　부회장은 상수가 엄청난 금액을 받으면 자신에게 연락할 것으로 생각했는데, 상수는 그런 자신의 의도와는 다르게 더이상 전화를 하지 않았다.

　일반적인 사람이라면 당황해서라도 한 번 정도는 연락할 법도 하다 생각했는데 상수는 그러지 않았다.

"그 친구에 대한 조사는 어찌 되고 있나?"

"지금 조사를 하고 있습니다. 내일이면 보고서를 받을 수가 있을 겁니다."

"알았으니 그만 가보게."

창섭은 상수에 대한 조사를 지시하였고, 내일이면 모든 것을 알 수 있을 것이라고 하였다.

솔직히 자신도 상수에 대해 궁금하기도 했기에 은근히 조사를 기대하고 있었다.

부회장은 상수에 대한 보고를 받아보고 움직일 생각으로 우선은 참고 기다리기로 했다.

한편, 상수는 그런 태성그룹 부회장의 음흉한 속내를 모른 채 오늘도 열심히 근무에 집중하고 있었다.

상수의 가치는 예린의 발언으로 인해 엄청난 상승을 달렸고, 이제는 회사의 남자들도 그런 상수를 인정하는 눈치였다.

"정 차장님, 오늘 약속 없으시면 우리끼리 간단하게 회식 어떠신가요?"

상수의 직계라인인 송범수 대리였다.

송 대리는 이제 이 과장 편에서 상수의 편으로 갈아타려고 마음을 정했는지 상수에게 와서 한잔하자고 하고 있었다.

상수는 회사의 직원들과 술을 마시는 것은 나쁘게 생각지 않기에 바로 수락을 했다.

"좋지요. 송 대리만 가는 건가요?"

"아닙니다. 우리 부서는 모두 참석하기로 했습니다."

한국 지사에는 차장이 상수 혼자였다.

그리고 상수가 있는 부서는 영업부지만 부장이 없고 차장인 상수만 있었기에 실질적으로 상수가 가장 높은 상사라고 할 수 있었다.

하지만 그동안 상수에게 와서 술을 마시자고 한 사람은 단한 사람도 없었다.

지금 상수에게 이런 말을 하는 것도 예린이 상수의 실적을 떠들었기 때문이다.

영업부는 능력을 우선으로 치는 부서였고, 능력이 있는 남자는 언제든지 승진할 수 있다는 보장을 받을 수 있는 곳이기도 했다.

그런 부서에 능력을 인정받게 되었으니 앞으로 상수는 직원들에게는 제대로 된 대접을 받을 수가 있게 되었다.

상수가 직원들에게 대접을 받고 있을 무렵, 창섭은 상수에 대한 보고서를 받고는 어이가 없는 표정이 되고 말았다.

"아니 이거를 보고서라고 가지고 온 거야?"

"정상수라는 인물에 대한 정확한 조사입니다, 이사님."

창섭은 정확한 조사를 했다고 하지만 이번에는 보고서를

믿을 수가 없다는 표정을 하고 있었다.

고등학교만 나온 사람이 그 어렵다는 아랍어를 배우고 나머지 6개 국어를 원어민 수준으로 말한다는 것은 창섭의 생각으로는 도저히 있을 수가 없는 일이었기 때문이다.

'이거 혹시 한국에서만 이렇게 만들고 학교는 미국에서 다닌 것이 아닐까?'

창섭은 카베인의 지사장인 리처드가 한 말이 생각이 나서 그런 생각을 하게 되었다.

하지만 외국을 출국한 기록을 보면 그것도 아닌 것 같아 창섭은 도저히 이해가 가지 않는 표정을 짓고 말았다.

"에이, 모르겠다. 일단 부회장님에게 자지고 가면 방법을 찾겠지."

창섭은 그렇게 생각하고는 보고서를 가지고 부회장의 방으로 갔다.

태성의 부회장은 지금 하나의 보고서를 보면서 부들부들 떨고 있었다.

창섭이 보고서를 가지고 왔을 때만 해도 입가에 미소를 지었는데, 지금 보고서를 보면서는 화가 나서 미칠 것만 같은 기분이었다.

"아니 이따위를 보고서라고 가지고 온 거냐?"

부회장이 보고서를 창섭에게 집어 던지며 화를 내고 있

었다.

"저도 믿을 수가 없어서 다시 물었지만 정확한 조사였다고 합니다."

부회장은 창섭의 말에 얼굴이 굳어지고 있었다.

"확실하게 조사를 한 것이라고 장담하는 거냐?"

창섭은 부회장의 얼굴을 보고는 솔직히 자신도 믿어지지 않았기에 바로 대답할 수는 없었다.

"저기 사실은 제가 케베인의 지사장인 리처드의 말을 들은 것이 있습니다."

창섭은 그렇게 말을 하면서 리처드에게 들은 말을 그대로 전해 주었다.

부회장도 리처드 지사장에 대해서는 알고 있었다.

카베인이 작다고는 하지만 그것은 전 세계를 따졌을 때의 말이지, 한국으로 따지면 국내 제일의 기업이라고 해도 과언이 아닐 정도로 큰 회사였다.

다국적 기업이라는 것이 말로만 생기는 그런 회사가 아니었다.

그만큼 기업의 힘과 권력을 가지고 있어야 가능한 일이었다.

그런 회사의 지사장을 지내고 있을 정도면 어지간한 재벌 회사의 사장보다는 좋다는 말이었다.

부회장은 창섭의 말을 듣고는 다시 생각에 잠겼다.

솔직히 상수의 능력을 눈으로 확인을 했기 때문에 보고서를 무시할 수도 있었다.

하지만 한국이라는 나라는 학벌을 무시하고는 절대 성장할 수 없다는 것도 사실이기에 부회장은 고민이 되지 않을 수가 없었다.

'음, 어떻게 하는 것이 좋을까? 그 친구의 학벌이 사실이라면 그동안 혼자 공부를 하여 그 정도의 스펙을 만들었다는 말인데 그런 능력을 가졌다면 회사의 입장에서는 크게 성장할수 있겠지만 더 이상은 바랄 수가 없는데 말이야.'

부회장은 그런 생각을 하면서 고민하기 시작했다.

하지만 결국 부회장이 내린 결론은 상수를 데리고 오기로 결정을 보았다.

사우디의 왕자와 하는 대화를 보면서 타고난 영업사원이라는 생각을 버릴 수가 없어서였다.

그런 능력을 회사를 위해 사용한다면 태성이 엄청나게 성장할 수가 있다고 판단이 들어서였다.

"정상수, 그 친구를 총력을 기울여 데리고 오너라."

"예? 진심이세요?"

"그래, 아무리 생각해도 그 친구의 영업능력을 무시할 수가 없을 것 같다. 큰 거래는 그런 인물이 나서면 성공을 할 수 있으니 이는 회사의 입장에서는 크게 도움 될 게 당연하니."

부회장의 말이 아니라도 창섭도 상수의 능력을 보았기에 충분히 이해는 갔다.

그리고 솔직히 7개 국어를 유창하게 회화가 가능한 사람을 찾으면 있겠지만, 상수와 같지는 않을 것이라 생각이 드는 창섭이었다.

"그러면 어떻게 조건을 걸까요?"

"우리 회사에서 최고의 조건을 걸어서라도 데리고 오너라. 직급은 부장으로 하고. 무슨 말인지 알겠나?"

카베인의 차장이기 때문에 부장으로 해서 데리고 오라는 말이었다.

"알겠습니다. 그 정도면 가능할 것 같습니다."

태성이라면 한국에서도 순위에 드는 기업체였다.

그런 기업체의 부장이라면 엄청난 대우를 받는 것이기 때문에 상수라도 넘어올 가능성이 있다고 생각하는 둘이었다.

그렇다 보니 창섭은 자신있게 대답을 하고 있었다.

얼마 지나지 않은 시각, 상수는 지금 회사의 직원들과 회식을 하고 있었다.

물론 오늘 회식은 상수가 사는 것으로 하고 말이다.

통장에 십억이라는 거금이 입금이 되었으니 이런 회식 정도는 충분히 살 수 있다 생각하는 상수다.

"차장님, 그런 실력을 가지고 계시면서 여태 감추셨습니까?"

"실력이라니, 무슨 실력을 감춰요?"

"에이, 왜 그러십니까. 차장님이 이번에 엄청난 금액의 오더를 땄다고 소문이 자자한데요."

상수는 송 대리가 하는 말을 듣고야 이해가 갔다.

오늘 이들이 갑자기 자신을 다정하게 부르며 회식을 하자고 이유를 말이다.

상수는 그런 송 대리를 보며 역시 직장인의 비애를 느낄 수 있었다.

직장이라는 곳이 말로는 동료이지만, 거의 적이나 마찬가지였다.

승진을 위해서는 비정하게 변할 수밖에 없는 것이 직장이라 할 수 있다.

말로는 동료이자 친한 사이이지만 돌아서면 남이라는 말이었다.

상수는 그런 생각이 들자 씁쓸한 생각이 들었다.

그때 상수가 있는 곳으로 오고 있는 남자가 있었다.

바로 창섭이었다.

"정 차장님, 여기 계셨군요. 오늘 회식이 있다고 해서 구경

왔습니다."

창섭은 상수를 보며 아주 반가운 얼굴을 하며 인사를 했다.

"아니, 여기는 어떻게 아시고……?"

상수는 창섭이 이런 곳에 올 인간이 아니라고 생각했다.

"하하하, 정 차장님이 가시는 곳이라면 저도 갈 수 있지요. 잠시 합석할 수 있습니까?"

상수는 창섭이 합석을 요구하자 곤란한 표정이 되고 말았다.

여기에 있는 인간들은 모두 카베인의 직원이기 때문이다.

상수는 직원들이 궁금한 눈빛을 하며 자신을 바라보자 어쩔 수 없다는 듯한 표정을 지으며 소개하게 되었다.

"여기 계신 분은 태성그룹의 이사님이십니다. 얼마 전에 저도 알게 된 분이지요."

"하하하, 정 차장님 무슨 소개가 그렇습니까. 제가 하지요. 태성그룹의 기획조정실을 책임지고 있는 이창섭 이사입니다. 잠시 합석하였으면 합니다."

창섭은 당당하게 자신을 소개하고 합석하겠다고 했다.

그러면서 자리는 상수의 옆으로 슬며시 앉는 것이 아닌가?

직원들은 태성의 이사가 상수를 찾아왔다는 것에 놀라고 있었다.

자신들이 모르는 무언가가 있다고 생각이 들었기에 직원

들은 반대하지 않고 환영을 해주었다.

"이사님이 오늘 쏘신다면 합석을 환영합니다."

"와아, 이사님이시니 그 정도는 하시겠죠?"

직원들이 창섭에게 술을 사라고 하니 창섭은 웃으면서 바로 수락을 했다.

"당연히 합석을 요구하였으니 오늘은 제가 사야지요. 아무튼 합석하게 해주어 고맙습니다. 오늘 술은 제가 책임지겠습니다."

창섭의 그 말에 직원들은 바로 함성을 질렀다.

"와우, 이사님 화끈하십니다."

"역시 이사님이세요."

남자 직원들은 창섭의 화끈한 대답에 모두 환영을 하고 있었다.

솔직히 이들은 태성의 이사와 만날 기회가 얼마나 되겠는가?

아마도 평생을 살아도 만나지 못할 것이다.

그런 기회가 왔으니 수락하지 않을 이유가 없었다.

창섭은 합석을 하자마자 은근히 상수에게 건배를 권하고 있었다.

이번 일은 일단 친근하게 다가가는 것이 가장 중요한 문제였기 때문이다.

그리고 창섭이 합석한 이유는 카베인의 직원들이 있는 자리에서 말을 꺼내고 싶어서였다.

그만큼 태성의 부장이라는 자리는 남들이 생각하기에 엄청난 자리였기 때문이다.

그리고 중요한 연봉은 부장이 아니라 사장과 비슷한 금액이었기에 창섭도 이 정도라면 충분히 가능하다고 생각하고 있었다.

회식 자리에서 창섭은 기회만 보고 있었다.

상수는 창섭이 자리에 있어 조금 불편을 했지만, 그래도 이미 참석한 사람을 그냥 가라고 할 수도 없었다.

그래서 대화도 회사의 이야기에서 이제는 사회 전반적인 이야기로 흘러가게 되었다.

"정 차장님, 요즘 먹고살기가 힘들다고 하는데 어떻게 생각하세요?"

"저도 얼마 전에만 해도 힘들게 살았습니다. 하지만 힘들어도 나중을 위해 투자하고 있으니 기회가 오더군요. 그 덕분에 이렇게 조금 살기가 편해졌고요. 제 생각은 그렇습니다. 힘들다고 생각하면 더 힘들고 아무리 힘들어도 준비하고 미래를 대비하면 결국은 기회가 온다고 생각합니다. 문제는 기회를 잡을 수 있는지는 결국 본인에게 달려 있다는 거죠."

상수의 대답에 송 대리는 지금 하는 이야기가 상수 본인의 이야기라는 것을 알았다.

그만큼 힘들게 살다가 온 기회이기에 더욱 절실하게 노력하고 있다는 이야기로 들렸기 때문이다.

송 대리나 직원들은 상수가 얼마나 노력을 하는지를 알고 있었다.

물론 그에 따른 놀라운 능력을 보여주었고 말이다.

창섭은 자신의 목적을 위한 기회를 보고 있었는데, 상수가 하는 말을 듣고는 지금이 기회라고 판단을 내렸다.

"정 차장님의 말씀을 들으니 기회를 잘 잡아야 한다는 생각이 드네요. 그러면 정 차장님, 우리 태성으로 오실 생각은 없으세요? 직급은 부장이고 대우는 사장의 연봉으로 대우할까 합니다."

창섭의 말은 상수와 직원들이 모두 놀라게 하고 남았다.

엄청난 대우를 해주겠다고 하는 말에 상수도 놀라고 있었다.

"아니, 태성에서 그런 엄청난 대우를 하면서 저를 데리고 가겠다고요?"

상수가 놀란 얼굴을 하며 물었다.

"예, 오늘 제가 온 이유도 바로 말을 전하기 위해서였습니다. 이미 위에서 결정된 일입니다. 그러니 정 차장님이 결정만 하시면 되는 일입니다."

창섭은 말이 나왔기에 바로 결정을 듣고 싶었다.

하지만 상수의 얼굴을 보는 순간 오늘 결정을 하기에는 틀렸다는 것을 알았다.

도대체 무엇이 저렇게 갈등을 하게 하는지는 모르겠지만, 상수가 의리를 지키는 것을 창섭도 나쁘게 보지는 않았다.

만약에 자신의 회사에 입사하고 다른 회사에서 더 좋은 대우를 하겠다고 하여 가는 인간들보다는 정감이 갔기 때문이다.

태성이 국내 굴지의 회사이기는 하지만 다른 회사가 작다는 말은 아니었다.

태성보다 더 큰 회사도 있었기에 창섭은 그런 상수의 모습을 보며 오히려 안심이 되고 있었다.

"제가 이런 말을 해서 죄송하지만 내일이라도 결정을 보시면 연락을 주십시오. 저희 태성은 정 차장님의 결정을 기다리고 있겠습니다. 계산은 나가면서 제가 하겠습니다."

창섭은 그렇게 말을 하고는 조용히 일어서 나갔다.

창섭이 나갔지만 직원들 중 누구도 그런 창섭에게 인사를 하는 사람이 없었다.

이들은 창섭이 가는 것이 중요한 것이 아니라 상수가 어떤 결정을 하는지가 궁금했기 때문이다.

"정 차장님, 태성으로 가실 겁니까?"

송 대리가 가장 먼저 물었다.

하지만 이번 질문은 송 대리 혼자의 질문이 아니었고 모두가 듣고 싶은 대답이었다.

"아직 모르겠네요. 결정하기가 쉽지 않으니 말입니다."

상수의 대답은 어쩌면 정답일지도 모르지만 송 대리나 다른 직원들은 그런 상수를 보며 질투를 느끼고 있었다.

사회생활을 하면 느끼는 것이지만 남이 잘되면 배가 아프고 내가 잘되면 잘한 것이라는 말이 생각나는 장면이었다.

대기업의 부장으로 영입 제의를 받는 것은 일반인은 절대 있을 수 없는 일이었다.

그런데 이제 입사한 지 얼마 되지 않은 상수가 그런 제의를 받고 고민한다는 것이 송 대리의 입장에서는 이해가 가지 않았다.

"차장님, 대기업의 부장이라는 직급을 얻으려면 얼마나 노력해야 하는지 알고 계십니까? 제가 개인적인 생각으로는 이건 생각하고 말고 할 필요 없이 가야 한다고 봅니다. 이런 기회는 자주 오는 것이 아니니 잘 생각해 보시기 바랍니다."

송 대리는 상수가 부장으로 입사한다면 그 연줄로 자신도 어떻게 입사를 해보려고 하는 속셈에 뱉은 말이었다.

사람은 눈치가 빨라야 하는데 송 대리는 그런 눈치가 있었다.

지금 카베인이 주는 월급과 태성이 주는 급여는 달랐고, 가장 중요한 것이 바로 대우의 차이였다.

　한국에서는 카베인에서 근무하는 것보다는 태성에 근무하는 편이 더 인정을 받고 있었기 때문이다.

　물론 급여도 더 받고 있었고 말이다.

　상수는 송 대리를 보며 속으로 왜 저런 말을 하는지 의문스러운 눈빛을 하였다.

　'아니, 자기도 카베인에 근무하면서 저런 소리를 할 수 있는 걸까? 그리고 태성이 좋다고는 하지만 가서 성공할 수 있다는 보장도 없는데 말이야. 잘못하면 가서 토사구팽을 당할 수도 있다는 생각은 하지 않는 모양이네.'

　상수는 저들이 자신을 원하는 이유에 대해 조금은 알고 있었다.

　자신이 저들에게 보여준 것은 사우디의 왕자와 대화였지만, 그 안에는 영업이 분명 존재했다.

　저들이 편하게 계약할 수 있도록 상수가 노력하였기에 편안히 성취된 계약이었으니 말이다.

　"자, 오늘은 그냥 편하게 술이나 한잔하자고 모인 것이니 더 이상 다른 이야기는 그만둡시다. 잔 들어요. 건배나 합시다."

　상수는 송 대리와 직원들을 보면서 자신이 먼저 잔을 들고 건배를 청했다.

직원들도 상수의 건배 요청에 모두 바로 잔을 들었다.

이제는 상수의 말에 감히 토를 다는 사람이 없어졌다.

대기업의 부장으로 언제든지 갈 수 있는 능력을 가진 상수였기에 이들은 감히 그런 상수에게 반항할 배짱이 없었다.

"건배!"

상수는 어찌 되었든 기분 좋게 술을 마시게 되었다.

시간이 지나, 모두 술자리를 파할 시간이 되었다.

술집을 빠져나온 그들은 각자의 집으로 귀가하기 시작했다.

"차장님, 내일 뵙겠습니다."

"차장님, 잘 들어가십시오."

카베인의 직원들은 상수에게 인사하는 것을 잊지 않았다.

이제 확실히 차장이라는 직급이 어울리는 사람 같아 보일 정도로 직원들도 상수를 대접하고 있었다.

누가 시켜서 그런 것이 아닌 상수 스스로 증명했고, 모두가 그를 인정했기에 벌어진 자연스러운 현상이었다.

"그래요. 내일 늦지 말고 출근들 하세요."

상수는 그렇게 인사를 하고는 헤어졌다.

집에 도착한 상수는 방에 들어가 가만히 생각에 잠겼다.

자신을 둘러싼 상황이 계속해서 변화하고 있음을 느끼고

있는 상수다.

무엇보다 이 모든 것은 문신에서 시작된 것.

자신이 문신의 힘을 이용하기 시작한 그때부터 상수에 대한 세상의 대우가 달라졌다.

문신으로부터 엄청난 능력을 부여받았기에 가능한 지금의 상황.

전과는 다르게 엄청난 스펙을 가지게 되었으니 이는 어쩌면 당연한 일이었다.

상수는 많은 생각을 하면서 앞으로의 일에 대해 하나씩 정리해 보고 있었다.

그러다 어느 정도 마음을 굳힌 상수가 중얼거렸다.

"나는 태성의 부장보다는 카베인의 차장으로 남자. 사람이 도움을 받았으면 당연히 갚아야 하지 않겠는가? 나에게 기회를 준 리처드를 배신하는 짓은 하고 싶은 생각이 없으니 태성의 입질에 흔들리지 말자. 어차피 저들은 나를 가지고 이용하려고 하는 자들이니 말이다."

상수는 그렇게 생각을 하고는 머릿속을 정리하기 시작했다.

남에게 배려하는 짓은 하지 않지만, 은혜를 배신하는 행동은 상수가 가장 싫어하는 인간 군상이다.

무엇보다 자신이 그런 인간이 되는 것은 결코 사양하고 싶은 일이다.

돈이야 나중에 자신의 능력으로 벌 수 있다고 생각하지만 은혜를 갚는 건 별개의 문제다.

그렇다고 태성이 준 돈을 돌려줄 생각은 없는 상수였다.

공짜가 아닌 엄연한 리베이트 명목으로 입금된 돈이었기 때문이다.

"나의 능력이라면 이제부터 새롭게 바꿀 수 있으니 작은 것부터 조금씩 변화를 주도록 하자."

상수는 그동안 생활이 아직은 예전의 틀을 벗어나지 못했다는 것을 알기에 한 번에 변하는 것이 아닌 이제부터 작은 것부터 바꾸어 나가기로 마음을 먹었다.

자신이라면 충분히 그럴 수 있다는 자신감이 생겨서 가지게 된 생각이었다.

상수의 이런 생각이 앞으로 얼마나 많은 변화를 가지고 올지를 지금은 모르고 있었다.

제6장 다시 해외로 출장을 가다

국제적인 암살자 조직인 세이브론은 지금 심각한 이야기가 오가고 있었다.

"한국의 지인에게 도움을 요청하여 신상을 받고는 사라졌다는 이야기인가?"

"그렇습니다. 전부 죽었는지 살았는지를 알 수가 없습니다."

쾅!

"도대체 무엇을 하는데 한국에만 가면 사라진다는 말이냐? 그것도 특급이 세 명이나 가서 말이다. 이번 청부는 누구의 것이냐?"

"파키스탄의 레지스탕스 대장이라는 놈입니다."

"레지스탕스? 그러면 청부도 아니라는 말이냐?"

"전에 그자에게 신세를 진 것이 있어 이번 부탁을 들어주기로 한 모양입니다."

세이브론이 전에 암살을 할 때 레지스탕스의 대장이 도움을 주어 성공한 일이 있었고, 그 당시 세이브론은 대장에게 하나의 약속을 했는데 다음에 필요하면 도움을 주겠다는 것이었다.

하지만 아무리 약속이 중요하다지만 특급의, 그것도 세 명의 암살자가 사라진 일이 생겼으니 조직에 문제가 생길 수도 있는 일이 벌어졌다.

세이브론은 특급 암살자를 모두 열 명을 데리고 있다.

그중에 세 명이면 벌써 삼 할의 힘이 사라진 거나 다를 바 없다.

"우리가 그 약속을 이행하기 위해 많은 힘을 사용했으니 더 이상 그 약속은 이행할 수 없게 되었으니 그렇게 이야기를 전해라. 놈을 죽이고 싶으면 정당하게 청부하라고 전해라."

전력이 줄면 그만큼 일이 줄어드는 건 당연한 수순.

약속 때문에 적의 정체도 모르면서 암살자를 계속 보낼 수는 없는 일이었다.

그러기에는 세이브론은 규모가 작지 않기 때문이다.

그리고 상대에게 어떤 세력이 있는지도 모르면서 무조건 암살자를 보내는 일은 먼저와 같은 실수를 반복할 수 있다.

때문에 이는 절대 해서는 안 되는 실수 중 하나라 할 수 있다.

무엇보다 세이브론이 지금처럼 세를 키울 수 있었던 이유는 바로 암살 대상에 대한 정확한 정보를 모았기 때문이다.

하지만 이번 목표는 그 정보력을 집중하지 않았고, 상대에 대한 분석이 전혀 이루어지지 않았다.

그 덕분에 일급의 암살자 두 명과 특급의 암살자 세 명이 사라지는 사태를 맞이했다.

암살 조직의 보스는 더 이상 피해를 입을 수는 없다고 판단하여 지금과 같은 조취를 취한 것이다.

한편, 파키스탄의 레지스탕스 대장은 암살 조직인 세이브론에서 온 연락을 받고는 화를 내고 있었다.

"아니, 당신네들이 한 가지 약속은 들어주겠다고 한 것이 아니오?"

"그 약속 때문에 우리는 일급 두 명에, 특급 세 명의 암살자가 실종되었소. 우리도 할 만큼 했다고 생각하니 더 이상은 할 수가 없소. 그리고 조직의 보스께서 만약에 그래도 상대를 죽이고 싶다면 정당하게 청부하라는 말을 전하라고 하였소.

내가 당신에게 해줄 수 있는 것은 더 이상 없을 것 같소."

남자는 일방적일지는 몰라도 냉정하게 말을 하였다.

반면 레지스탕스 대장은 특급의 암살자가 세 명이나 사라졌다고 소식에 놀라는 얼굴이 되었다.

특급 암살자의 실력을 그 자신이 잘 알고 있었기에 나오는 반응이다.

특급 두 명이 있으면 파키스탄의 대통령도 암살할 수 있을 정도로 그들은 상당한 실력을 가지고 있다.

그런 이들이 사라진 것을 보니 자신이 노렸던 한국인에게 다른 무언가가 있다는 것을 느끼게 하였다.

그리고 솔직히 청부할 자금도 없는 지금 상황에서 대장이 청부를 이어나갈 수 있을 리 만무하다.

"알겠소. 우리는 더 이상 청부할 수 없으니 이제 서로의 은혜는 없는 것으로 하겠소."

대장과 암살 조직의 남자는 그렇게 상황을 정리하여 마무리하기로 했다.

서로에게 더 이상 피해를 줄 수 없다고 판단하였기에 그만두게 된 것이다.

대장은 전화를 끊고 잠시 생각에 들었다.

'그놈의 사격술에서 엄청난 놈이라는 것을 알았는데, 특급 암살자를 처리할 정도의 실력을 가진 놈일 줄은 몰랐네. 더이상 암살을 시도했다가는 나중에 내가 보복을 받을지도 모르는 일. 어쩔 수 없다. 치욕스럽지만 그만두는 수밖에.'

대장은 그렇게 생각과 복수에 대한 마음을 정리하였다.

세이브론 조직도 상수에 대한 모든 것을 파기하는 것으로 상수와의 악연을 정리하였지만, 이들과 달리 상수는 이 악연을 잊지 못하고 있음을 그들은 알지 못했다.

상수는 한참 생각에 잠겨 있었다.

다름 아닌 암살자 문제에 대하여 고민하고 있었다.

일전 암살 사건을 두고 고민에 빠져 있었다.

우선은 암살자로부터 강탈한 자금의 문제다.

두 암살자의 계좌에 존재하던 그 금액은 상상을 초월하는 수준의 금액이었다.

이는 자신이 파키스탄으로 파견을 갔을 때 만든 해외 은행 계좌로 전부 옮겨둔 상태다.

쉽게 쓰기에는 피로 물든 돈임을 알기에 상수는 아직 이를 건드리지 않았다.

나중에 외국으로 나갈 일이 생기다면 급하게 자금이 필요하여 쓸 수는 있을 것 같았다.

그러나 지금은 아직 이를 건드릴 때가 아니라 상수는 생각했다.

무엇보다 암살자들 자체에 대한 고민이 이 돈을 사용하는 데에 대한 심리적 부담을 주고 있기에 그랬다.

상수는 자신을 둘러싸고 벌어진 암살 시도를 잊지 않고 있었다.

아니, 잊으려 해도 잊을 수 없을 만큼 충격적인 일이었다.

파키스탄으로 파견 나가 벌어졌던 살생 이후 살기 위해서 라지만 살생을 저지르기도 했던 것도 머리를 복잡하게 하는 이유 중 하나다.

언젠가 자신을 암살하려 했던 존재를 찾아 복수를 하는 데 이를 써야 할 것은 분명하다 생각하는 상수다.

세이브론이 자신에 대한 암살을 포기했다는 사실을 모른 채 말이다.

그렇게 상념에 찬 상수의 밤이 흘러가고 있었다.

*　　　*　　　*

오늘도 상수는 즐거운 마음으로 웃으며 출근을 했다.

하루하루 회사에서 일하는 데 활력이 차오르는 상수다.

"오늘도 즐거운 날입니다."

상수의 말은 매일 같았지만, 듣고 있는 이들에게는 참 듣기 좋은 말이었다.

"차장님 출근하십니까."

남자 직원들은 어제의 일이 있어 그런지 아주 정중하게 인사를 하고 있었다.

"예, 모두 반갑습니다."

상수도 인사를 해주며 웃었다.

아침부터 웃는 얼굴로 시작을 하면 하루가 즐겁다고 생각을 하고, 요즘은 그렇게 살려고 노력을 하고 있는 상수였다.

그런 상수를 보는 과장들의 눈은 지금 아주 복잡한 감정들이 담겨 있었다.

이는 어제 회식을 한 직원들이 아침부터 상수에 대한 이야기하면서 퍼진 소문 때문이었다.

술자리로 태성그룹의 이사가 찾아와 스카웃을 제의했다!

이 소문은 결코 과장들 입장에선 무시할 수 없는 종류의 것이다.

카베인의 본사도 아닌 한국지사에 근무하는 일개 과장과 태성의 본사에 근무하는 부장은 레벨이 달랐다.

낙하산이라고 극히 싫어하던 카베인의 다른 과장들은 이 소식을 접하고 복잡한 심기를 어쩔 줄 몰라 했다.

그런 한편으로 자신의 능력을 스스로 증명하고 있는 상수를 이제는 인정하지 않을 수 없게 되어 더더욱 표정이 복잡해진 것이다.

"정 차장님, 지사장님이 잠시 보자고 하시네요."

예린은 상수를 보며 싱긋이 웃으며 말했다.

"예린 씨, 아침부터 그렇게 웃음을 보여주니 아주 보기 좋습니다."

상수는 그렇게 말을 하고는 지사장실로 갔다.

예린은 자신의 웃음에 상수가 칭찬을 하자 본인도 모르게 얼굴이 붉어졌다.

그러고는 바로 화장실로 달려가는 예린이었다. 예린은 화장실로 가서 거울을 보며 생각했다.

"나의 웃음이 그렇게 보기 좋았나?"

예린은 그러면서 거울을 보며 웃음을 지어 보았고 여러 가지의 표정을 보며 마음에 드는 것으로 고르고 있었다.

상수의 한마디에 예린은 이렇게 변하고 있는 중이었다.

똑똑.

"들어오세요."

문이 열리며 상수가 들어오자 리처드는 반갑게 인사를 해주었다.

"어서 오세요, 정 차장."

"예, 안녕하십니까. 저를 찾으셨다고 들었습니다, 지사장님."

리처드가 상수를 부른 이유는 태성이 상수에게 상당한 자금을 주었고, 이번에는 엄청난 조건으로 상수를 영입하려고 하고 있음을 들었기에 그랬다.

다국적 기업 카베인.

이 회사는 결코 작은 회사가 아니다.

그러나 아직 본사로부터 능력을 인정받지 못하고 있는 현재 상황에선 태성과 같은 조건을 내걸 수 없는 건 당연했다.

물론 상수에게 시간만 주어진다면 그런 조건보다는 더 좋은 조건을 제시하겠지만 말이다.

리처드도 정보 라인이 있어서 어제 저녁에 있었던 일들에 대해 보고를 받고 알게 되자 이를 위한 조치를 위해 본사로 연락까지 한 그다.

그만큼 리처드는 상수의 가능성을 높게 보고 있었다.

그리고 상수를 인정받게 할 기회 하나를 포착해 냈다.

아직 상수가 결정을 내리지 않은 지금이라면 이는 더욱 필요한 일이기도 하다는 게 리처드의 판단이었다.

"정 차장님, 오늘 바쁘지 않으면 미국 출장을 준비해서 내일 아침 바로 출발해 줬으면 합니다. 갑자기 미국 출장을 가라고 해서 미안하지만, 지금 급하게 처리해야 하는 일이기 때문에 어쩔 수 없으니 이해를 해주세요."

리처드의 갑작스런 말에 상수는 멍한 얼굴을 하고 말았다.

잠시 후에 정신을 차린 상수는 리처드를 보았다.

"아니, 갑자기 미국 출장을 가라니요?"

"미리 통보를 해주지 못해 미안합니다. 하지만 일이 이렇게 급하게 진행이 될 줄은 몰랐습니다. 미국 본사에서 급히 정 차장님을 오라는 전갈이 있었습니다. 이번 일은 전에 만났던 마이클 때문에 벌어진 일이니 저에게 따지지 마세요."

상수는 리처드로부터 자신이 미국에 출장을 가야 하는 이유에 대한 설명을 듣게 되었다.

마이클은 상수와 계약을 하고 나서는 다시 외국으로 나갔고, 상수에 대한 이야기를 흘리게 되었는데 그게 본사까지 이야기가 이어졌다는 것이다.

그리고 그 계약의 규모가 결코 작지 않았기에 본사는 상수를 주시하기로 했다는 것.

한데 상수의 능력을 검증할 장이 빠르게 열리게 되었다.

이번에 본사 차원에서 진행 중인 계약이 있는데 계약을 주체할 담당자가 사로고 인하여 병원에 입원했다는 것이다.

그로 인해 그 계약을 이끌어 나갈 담당자를 급하게 세워야 하는 상황이 왔다고 한다.

그런 와중 상수가 체결해 낸 계약 건이 본사에서 언급이 되었고, 상수가 언어와 화술에 꽤 강하다는 리처드의 지원이 미국으로 호출받게 하는 결정적 계기를 마련했다는 것이다.

상수는 리처드에게 모든 이야기를 듣고는 아직도 이해가 가지 않는 얼굴을 하였다.

아무리 그래도 본사에 자신 말고도 많은 인재들이 있는 것으로 알고 있었다.

한데 갑자기 자신을 미국 본사에서 찾는다고 하니 이상한 생각이 들었다.

아무리 자신이 계약 하나를 제대로 체결해 냈다곤 하지만, 이제 겨우 일한 지 몇 개월 되지 않은 직원, 그것도 지사에서 일하는 인물을 급히 소환한다니…….

"지사장님께서 방금 하신 이야기는 모두 들었습니다. 하지만 저는 도저히 이해가 가지 않습니다. 솔직하게 제가 가야 하는 이유를 말해 주십시오. 말씀해 주신 것만으로는 납득이 잘 되지 않습니다."

상수는 리처드의 눈을 직시하면서 물었다.

상수의 눈 속에는 이글거리는 붉은 기운이 넘쳐 나고 있었다.

리처드는 그런 상수의 눈을 보고 있자니 거짓말을 할 수가 없다는 생각이 들었다.

결국 리처드는 이실직고하기 시작했다.

이는 상수의 눈 속에 이글거리는 붉은 기운의 이능이 벌인 현상이었다.

"사실은 어제 태성의 이사가 정 차장님에게 제시한 조건을 듣게 되었습니다. 솔직하게 아직 정 차장의 능력은 뛰어나지만, 아직은 더 개발하고 발전해야 한다고 생각합니다. 나는 그런 정 차장을 태성과 같은 회사에 주고 싶지가 않습니다. 그래서 본사로 연락을 하였고, 본사 차원에서 정 차장에게 기회를 주기로 이야기된 것입니다."

리처드는 솔직하게 상수에게 모든 이야기를 하게 되었다.

상수는 리처드가 태성의 조건까지 모두 알고 있다는 사실에 놀라기는 했지만 크게 걱정하지는 않았다.

자신은 어차피 가지 않을 생각이었으니 말이다.

"휴우, 지사장님, 그렇게까지 하지 않아도 저는 태성으로 갈 생각이 없었습니다. 그리고 저는 은혜를 입으면 갚아야 하는 것이지, 배신하는 것은 아니라고 배웠습니다. 저를 조금만 아신다면 그런 생각을 하지 않았겠지만, 아직은 저도 그렇고, 지사장님도 그렇고 시간이 더 필요한 것 같으니 이번 일에 대해서는 더 이상 언급하지 않겠습니다. 그리고 미국 출장은 바로 준비하도록 하겠습니다. 능력을 보이라고 했으니 보여드리고 그만한 대우를 받고 싶으니 말입니다."

리처드는 상수의 결정에 속으로 환호를 하고 싶었다.

"정 차장, 정말 좋은 결정을 하셨습니다."

리처드는 상수와 오랜 시간을 함께하고 싶은 생각이었다.

처음부터 눈여겨보았던 사람이고, 능력을 보고는 저런 사람이라면 함께 일하고 싶다는 생각이 든 인물이었다.

그리고 리처드의 그런 감각은 지금껏 틀린 적이 없었고 말이다.

그렇게 상수의 갑작스러운 미국 출장은 결정이 되었다.

그날 저녁, 상수는 미국으로 가면서 한 가지 걱정이 있었는데 바로 어머니였다.

내일이 출장이지만, 상수가 출근하던 순간 이미 준비가 되어 있었다.

미국계 기업의 혜택도 그렇거니와 시급을 요하는 일이기도 하기에 이런 갑작스러운 출장이 가능했던 것이다.

어쨌거나 상수는 내일 있을 출장을 위해 오늘은 일찍 마치고 집으로 돌아왔다.

"오늘은 어쩐 일로 이렇게 일찍 들어오는 거냐?"

어머니는 상수가 일찍 들어오자 의문스러운 눈을 하며 물었다.

"내일 회사 일로 미국에 출장을 가게 됐어요. 해서 일찍 들어오게 되었어요."

"아니, 미국으로 출장을 간다고? 이제 출근한 지 얼마 되지

도 않았는데 벌써 출장이라니⋯⋯?'

어머니는 상수가 처음부터 차장이라는 직급을 달고 시작을 해서 처음에는 무슨 사기꾼 회사에 나가는 것으로 오해했었다.

하지만 상수가 다니는 회사를 알아보니 상당히 좋은 회사라는 사실을 알고 나서는 상수를 다시 보게 되었다.

그런 아들이 출장을 미국으로 간다고 하니 놀랍기도 했지만, 조금은 불안감이 들어 하는 소리였다.

상수는 어머니의 눈에 걱정이 잔뜩 내려앉은 것을 보고는 웃으면서 말을 했다.

"저는 걱정하지 마세요. 출장을 가는 건 좋은 일로 가는 거니 말이에요. 그런데 제가 걱정이 되는 것은 없는 동안 혼자 계시기엔 그러실 테니 당분간은 이모네 집에 계세요."

어머니가 혼자되고 나서는 부쩍 우울해 하시는 것을 알고 있어서 하는 말이었다.

어머니에게는 유일하게 남아 있는 자매로 이모가 있었기에 그래도 조금 안심이 되기는 했지만, 걱정이 되지 않는 것은 아니었다.

"어이구, 걱정도 팔자다. 내 걱정은 하지 말고 너나 잘해. 없는 동안 나도 이모네 집에서 있으면 되니 말이다. 알아서 잘 지낼 테니."

어머니는 아들인 상수가 걱정하지 않도록 이모에게 갈 생각을 하고 있었다.

자식이라고는 상수밖에 없어 항상 마음 졸이고 있었는데, 이제는 저렇게 좋은 회사에 취직해서 열심히 일하는 것을 보며 보람을 느끼는 나날이다.

이모네 가서도 어머니는 항상 아들인 상수에 대한 자랑만 하고 있을 정도였으니 말이다.

"여기 통장에 돈이 들어 있으니 생활비는 여기서 찾아 쓰시면 되요. 이번 출장 때문에 회사에서 보너스가 지급되었으니 돈은 걱정하지 마시고요."

상수가 출근하면서 가장 좋은 점이 바로 전처럼 돈 걱정을 하지 않고 살게 되었다는 점이다.

전에는 하루 벌어먹고 살았지만 이제는 제대로 된 월급을 받으며 생활하니 미래를 위한 계획도 충분히 세울 수 있는 상수네다.

"어머? 출장을 간다고 보너스도 나오니?"

어머니는 출장을 가면 보너스가 나오는 것으로 오해를 하고 있었다.

"출장을 가서 보너스가 나오는 것이 아니라 제가 하는 일에 대한 성과급이라고 보시면 되요. 전에 해결한 계약 때문에 보너스가 들어왔어요."

사실 보너스는 월급날 지불이 되지만 자신이 태성에서 받은 돈이 있어 약간의 돈을 통장으로 이체시켜 두었다.

원래 가난하게 살았던 어머니였기에 많은 돈은 오히려 독이 될 수도 있다 여기는 상수다.

해서 풍족하지는 않지만 그래도 적지 않은 돈을 통장에 매달 입금을 하려고 하였다.

어머니는 통장을 받으면서 입가에는 미소가 생겼다.

처음으로 아들에게 통장을 받았기 때문이다.

"너도 장가를 가야 하니 돈을 아껴야 한다."

"예, 걱정하지 마세요."

상수는 어머니에게 그렇게 말을 하고는 방으로 갔다.

어머니는 상수가 준 통장을 아주 소중하게 품에 안고 있었다.

아직 출근한 지 얼마 되지 않아 월급이 많지는 않아 보였지만, 함부로 쓰고 싶지 않은 어머니였다.

그게 자식을 둔 부모의 마음이고 말이다.

상수는 방에 들어가 출장을 가서 갈아입을 옷 등을 작은 가방에 챙겨 넣고 있었다.

미국이라는 나라는 어떻게 사는지 모르지만 간단한 갈아입을 옷가지와 속옷, 그리고 이번 출장에 필요한 물건들을 차분히 챙겨 나갔다.

가방에는 금방 옷 등으로 가득 찼고 상수는 가방을 닫았다.

"비행기는 있는 건가? 하기는 있으니 가라고 하는 거겠지."

상수는 피식 실소를 지으며 웃고 말았다.

자신이 너무 소심하게 생각했다는 생각이 들어서였다.

상수는 미국에 가서 어찌 대처해야 할지 몰랐지만 자신의 능력이라면 충분히 저들을 놀라게 할 수 있을 것이라고 믿었다.

그러고는 바로 인터넷을 뒤지기 시작했다.

모르고 가는 것보다는 알고 가는 것이 도움이 된다고 생각하고 있었기 때문이다.

하루 종일 인터넷을 뒤지며 해외에 대한 정보를 모았고, 미국에 가서 당하는 일반적인 문제에 대해서도 읽어 보았다.

한국인들이 가장 힘들었던 점들에 대한 기사를 보고는 상수는 웃을 수가 없었다.

서로간의 생활이 다르기 때문에 일어나는 일들이 많았기 때문이다.

"하기는, 나라고 해서 모르는 나라에 가서 실수를 하지 말라는 법은 없는 거지. 우선 알아보았으니 가서는 조심하면 돼."

상수는 그렇게 약간의 준비를 하며 시간을 보냈다.

그렇게 출장 가기 전날 밤은 흘러갔다.

다음 날, 인천 공항에 도착한 상수는 입구에 있는 리처드를 만나게 되었다.

"오우, 정 차장은 시간 약속은 정말 잘 지킵니다."

상수는 정확한 시간에 도착하였기 때문에 하는 소리였다.

이번 출장은 상수 혼자 가는 것이라 리처드만 마중을 나왔다.

자신이 아끼고 키우고 싶은 인물이기에 그런 것도 있고, 이번 출장이 카베인에는 나름 중요한 일이기도 해서 직접 나온 것이다.

"오래 기다리셨습니까?"

"아니에요. 나도 금방 왔습니다. 자, 시간이 없으니 안으로 들어가면서 이야기를 하지요."

"예, 지사장님."

상수는 리처드와 공항 안으로 들어가면서 리처드가 하는 이야기를 듣고 있었다.

미국에 도착하면 마중을 나오는 사람을 만나게 된다는 말부터 시작해서 많은 이야기를 전달 받았다.

리처드는 품에서 사진을 하나를 꺼내 상수에게 주었다.

"가면 마중을 나올 사람의 사진입니다. 비슷하게 생겼다고 따라가시면 곤란합니다."

리처드는 사진을 주며 농담을 하였다.

"걱정하지 마십시오. 신분을 확인하고 따라오겠습니다."

"오우, 정 차장은 알려주지 않아도 알아서 잘 배우는군요. 그렇게 하세요."

리처드는 상수를 보며 웃으면서 보내주었다.

상수는 그런 리처드를 보며 웃지 않을 수가 없었다.

리처드의 따뜻한 마음이 전해져서였다.

"그러면 다녀오겠습니다, 지사장님."

"그래요. 잘 다녀오세요."

리처드는 상수를 보내면서 상당한 기대를 걸고 있었다.

이미 본사에는 이야기를 마쳤고, 이제는 스스로 성취를 하는 것만 남아 있었다.

상수가 얼마나 성장하게 될지는 아무도 모르는 일이었다.

오로지 상수에게 달려 있었기 때문이다.

상수의 능력을 어느 정도 보여줄지는 아무도 모르는 일이었다.

약 한나절의 시간이 흐른 뒤의 미국.

상수가 탔던 비행기는 어느덧 미국 공항에 도착을 했다.

입국장을 빠져나온 상수는 주변을 두리번거리다 자신을 기다리고 있는 사람을 찾을 수가 있었다.

상대는 자신의 이름이 적힌 피켓을 들고 있었기에 손쉬웠다.

상수는 남자의 곁으로 가서 정중하면서 유창한 영어로 물었다

"카베인 본사에서 나오신 분이십니까?"

"예, 제가 앤드입니다. 정상수 씨 맞습니까?"

"그렇습니다. 만나서 반갑습니다. 앤드 씨."

둘은 간단하게 인사를 나누고는 바로 차가 있는 곳으로 갔다.

상수는 미국이라 조금 긴장을 했는데 미국도 사람이 사는 곳이라는 생각이 들었다.

어디를 가도 사람 사는 곳은 비슷하다고 생각이 들자 긴장감이 스르르 사라지는 기분이었다.

"미스터 정, 갑작스러운 출장이라 조금 긴장하셨지요?"

앤드는 운전을 하면서도 말을 유창하게 아주 잘하고 있었다.

"한국과는 다르니 긴장이 되는군요."

상수는 거의 긴장이 사라졌지만 그래도 예의상 그렇다고

말을 해주었다.

"하하하, 대부분이 한국분들은 출장을 오시면 긴장하시더군요. 특히 처음으로 오시는 분들은 상당히 긴장을 하여 저까지 긴장이 되게 합니다."

앤드는 아마도 출장을 오는 한국인을 안내하는 역할을 하고 있는 것 같았다.

"아, 그렇습니까?"

"미스터 정은 미국에 자주 오시는가 봐요. 얼굴은 처음이지만, 전혀 긴장을 하지 않는 것을 보니 말입니다."

상수는 앤드의 말에 속으로 웃고 말았다.

그렇다고 처음이라고 말을 할 필요는 없었다.

"예, 자주는 아니고 좀 되었습니다. 회사의 일로 오게 된 것은 이번이 처음이고 말입니다."

상수는 매끄러운 답변에 앤드는 고개를 끄덕였다.

"그렇군요. 그런데 언어가 참 유창하십니다. 마치 현지인과 대화를 하고 있는 것 같습니다. 이렇게까지 유창하신 분은 처음 보네요, 한국인 중에선."

앤드는 진심으로 상수의 유창한 말에 놀라서 하는 소리였다.

대부분은 영어를 사용한다고 해도 상수처럼 저렇게 유창하게 말을 하지는 못했다.

"제가 영어를 현지인과 함께하면서 배워서 그런 것 같네요. 한국에도 미국인들이 제법 살고 있습니다."

"아, 그렇군요. 어쩐지 말하는 것이 다르다고 느껴졌습니다."

앤드는 운전을 하면서 쉬지 않고 말을 걸었고, 상수는 그런 앤드에게 간단하게 대답을 해주며 가고 있었다.

'미국 남자들은 이렇게 말이 많은 건가? 뭔 운전을 하면서 저렇게 떠드는 거야?'

상수는 미국인은 원래 말이 많은 것인지, 아니면 앤드만 그런 것인지 헷갈릴 정도였다.

덩치는 남산만 한 것이 쫄랑거리는 것 같아 한편으로는 웃겼다.

그리고 이동을 한 지 얼마 지나지 않아 목적지에 도착을 하게 되었다.

"다 왔습니다, 미스터 정."

상수는 차에서 내리면서 웃으며 인사를 했다.

"오는 동안 즐거웠습니다, 앤드 씨."

"예, 좋은 일이 있기를 바라며 성공하세요."

출장을 왔다고 하니 아마도 회사의 거래 때문에 온 것으로 아는 모양이었다.

상수는 마중을 온다고 해서 회사 사람이 오는 것으로 알았었다.

하지만 막상 도착했는데 자신을 기다리는 것은 회사와는 아무런 상관이 없는 사람이 마중을 나와 있었고.

처음에는 이상하게 생각을 하였지만 오는 동안 설명을 들으니 이해를 하게 되었다.

원래 오기로 한 사람이 갑자기 일이 생기는 바람에 앤드에게 부탁하여 나오게 된 것이라는 것이 앤드의 말이었다.

어쨌거나 카베인의 본사 건물 앞에 도착한 상수는 당당하게 안으로 걸어갔다.

정문의 입구에서는 상수를 보고 바로 경비들이 다가왔다.

"어떻게 오셨습니까?"

"한국 지사의 정상수 차장입니다. 오늘 본사로 오라고 해서 왔습니다."

상수의 대답에 경비원은 그런 연락을 받지 못했는지 의문의 눈빛을 하고는 대답을 했다.

"잠시만 기다려 주십시오. 연락을 해보겠습니다."

끄덕끄덕.

상수는 머리를 끄덕여 주며 기다렸다.

그냥 본사가 커서 아직 이야기하지 않은 것으로 생각이 들어서였다.

상수는 그렇게 건물 안으로 보며 있으니 경비가 다시 다가왔다.

"미안합니다. 지금 바로 안내할 사람이 오니 조금만 기다려 주십시오."

경비는 아까와는 다르게 상당히 정중하게 말을 했다.

"그러지요."

상수는 그렇게 대답을 하고는 주변을 보았다.

건물 안에는 많은 사람들이 빠르게 움직이고 있는 것이 회사가 분주함을 알려주고 있었다.

세계적으로 저명한 회사는 아니지만, 다국적 기업인 만큼 결코 작은 회사는 아니었다.

카베인은 상당한 재력을 가지고 시작한 기업이었고, 아직 성장을 하고 있는 중이라 그렇지, 그 실속은 거대기업이라고 해도 과언이 아닐 정도였다.

상수는 기다리고 있으니 한 남자가 오는 것을 보았다.

자신과 비슷한 나이의 외국인이었고, 상당한 외모를 가지고 있었다.

"정상수 차장님이 되십니까?"

"그렇습니다. 제가 정상수입니다."

"저를 따라오십시오. 제가 안내를 해드리겠습니다."

"예, 알겠습니다."

상수는 남자를 따라 걸어갔다.

커다란 회의실에 도착한 상수는 남자가 문을 열자 그 안을 볼 수가 있었다.

그 안에는 제법 많은 사람들이 자리에 앉아 있었다.

"정상수 차장을 모시고 왔습니다."

남자는 안으로 들어가자 가장 상석에 앉아 있는 노인에게 말을 했다.

"수고했네."

노인은 길게도 아니고 간단하게 그 말 한마디만 했다.

남자는 노인의 말에 정중하게 고개를 숙여 인사를 하고는 나갔다.

상수는 남자가 나가는 것을 보았지만 고개도 돌리지 않고 전방을 보고 있었다.

"어서 오게. 내가 카베인의 회장인 피터슨이라고 하네."

상수는 회장이 먼저 인사를 하자 바로 인사를 했다.

"한국지사의 정상수 차장이라고 합니다, 회장님."

상수는 당당하면서 비굴하지 않는 모습을 보여주고 있었다.

그런 상수의 모습에 피터슨은 눈빛이 묘하게 변하고 있었다.

리처드의 추천이 있기는 했지만, 솔직히 말해 믿고 있지는 않았다.

그런데 지금 눈으로 확인을 하니 제법 뼈대가 있는 것같이 느껴졌기 때문이다.

"우선 자리에 앉게. 오늘 자네를 부른 이유에 대한 설명을 해줄 것이네."

"감사합니다, 회장님."

상수는 대답과 동시에 눈앞에 있는 자리에 가서 앉았다.

비어 있는 자리가 많았지만 상수는 회장과 정면으로 볼 수 있는 자리에 앉은 것이다.

상수가 그 자리에 앉자 주변의 인물들은 모두 얼굴색이 변하고 있었다.

미국 상회에서는 상수와 같이 저런 위치에 앉는 경우는 상대의 보스이거나 손님이었을 때에 앉는 자리였기 때문이다.

상수 같은 경우에는 자신들과 같이 회장의 좌우로 마련이 된 자리에 앉아야 했다.

상수는 갑자기 눈초리가 좋지 않았지만 신경을 쓰지 않았다.

미국에는 미국의 법이 있지만 자신은 미국인이 아니었다.

그런 자신이 굳이 미국인의 예절을 따를 이유도 없었고 말이다.

막말로 아니라고 생각하면 다른 곳으로 이직을 하든지 아니면 한국지사에 그냥 남아 있으면 그만이었다.

물론 리처드가 허락을 해야겠지만 말이다.

제7장 상수 인정을 받다

남들은 어떻게 받아들일지는 모르지만 피터슨 회장은 상수의 행동을 보면서 아주 기분이 좋게 받아들였다.

결국 상수는 원래의 목적대로 미국의 계약 건에 투입을 하라는 회장의 지시를 받게 되었다.

이번 계약은 기계설비와 공사까지 해주는 건이라 상당한 금액이 예상되는 최고의 대상이었다.

상수는 계약을 위해 그에 관한 자료를 요구하였고, 회사에서는 상수가 원하는 자료를 전해 주었다.

이번 계약의 주체가 상수가 되었기 때문이다.

다음 주에 있을 계약 때문에 카베인은 이미 한 달이라는 시간을 투자하고 있었다.

그동안 많은 자료를 보관하고 있었고 상수가 원하는 자료를 달라고 하니 엄청난 양의 자료를 한꺼번에 준 것이다.

상수는 자료를 검토하면서 내심 웃고 있었다.

'병신 같은 놈들이 자료를 많이 주면 내가 포기를 할 것으로 알고 있는 모양인데… 나는 절대 포기라는 것을 모르고 있는 놈이야. 어디 두고 보자.'

상수는 그렇게 생각을 하고는 빠르게 자료에 대한 지식을 쌓아갔다.

무려 오 일이라는 시간을 투자하여 상수는 자료를 모두 조사를 하였고, 상수의 뛰어난 머리로 기억을 할 수가 있었다.

이제 이틀이 지나면 바로 계약을 위한 협상을 하는 날이었기에 최종적으로 계약 체결을 위한 회의를 하고 있었다.

"이번 계약은 우리 회사의 최대 관심사이고 엄청난 금액이 예상이 됩니다. 그런 계약을 일개 지사의 차장에게 일임을 한다는 것은 있을 수 없는 일이라고 생각합니다, 회장님."

"저도 같은 의견입니다."

간부들은 상수에 대해 알고 있는 사람이 없었지만 상수가 오고 나서 그에 대한 정보를 모았지만 이들은 오히려 더욱 상수를 믿지 못하게 되어 버렸다.

대졸도 아니고 고졸의 학력을 가진 상수였고 딸랑 한 번의 계약을 성사시킨 것을 빼고는 실적도 없었다.

그런 사람에게 이런 엄청난 계약 건을 맡기는 것은 절대로 있을 수 없는 일이었기에 간부들이 반대하고 나서게 되었다.

카베인의 본사에는 쟁쟁한 학교를 우수하게 졸업한 인재들이 널려 있는데 그런 인재들을 두고 상수에게 일임을 하는 것을 이들은 좋아하지 않았다.

회장은 간부들의 이야기를 듣고만 있다가 조용히 그들을 둘러보았다.

"다른 간부들도 같은 생각인가?"

회장의 일언은 모두들 주눅이 들게 하고 있었다.

그만큼 피터슨 회장의 발언은 강한 느낌을 주고 있어서였다.

그중에 한 간부가 입을 열었다.

"저는 회장님의 의견을 따르겠습니다. 그동안 보여주신 것들을 믿지 않을 수가 없으니 말입니다."

피터슨이 그동안 회사를 이끌면서 보여준 행동들은 이들이 믿어지지 않게 하기에 충분한 행동들이었다.

그만큼 파격적인 움직임이었고, 그로 인해 회사에는 엄청난 이득을 안겨주었기에 지금의 자리에 피터슨이 앉아 있게 되었다.

그런 피터슨을 추종하는 무리 중 한 명인 레이는 회장의 의견을 무시하는 다른 간부들을 째려보았다.

레이의 발언에 다른 간부들이 웅성거리게 되었다.

이들은 잠시 잊고 있었지만 피터슨의 파격적인 행보가 생각이 나서였다.

피터슨은 회장으로 취임을 하면서 자신에게 불만이 있는 자들을 모조리 제거를 하였다.

당시 피터슨이 한 이야기가 있었는데 지금도 이들의 가슴속에 남아 있는 말이었다.

"나에게 불만이 있는 자들을 데리고 가고 싶지 않으니 나를 뛰어넘거나 아니면 우리 회사를 그만둬라. 나는 그대들처럼 능력도 없으면서 질투나 하는 사람은 회사에 도움을 주지 않고 있으며 오히려 기생충처럼 회사의 피를 빨아 먹는다고 생각한다."

결국 그 한마디에 피터슨의 적들은 대거 해고 당하게 된 것.

카베인의 간부들이 하루아침에 해고를 당했지만 카베인은 무너지지 않고 오히려 더욱 성장을 하였다.

간부들은 그런 피터슨의 파격적인 행보를 생각하며 몸을 떨었다.

간부들은 레이의 발언으로 피터슨이 어떤 인물인지를 다

시 기억을 하게 되었고 간부들의 몸이 절로 떨리기 시작했다.

아차, 잘못하면 바로 그만두어야 했기 때문이다.

레이의 발언은 마음이 흔들리는 간부들을 회장의 편으로 만들었다.

"저도 회장님의 뜻에 따르겠습니다."

간부들이 서서히 피터슨의 뜻을 따르는 분위기가 되자 반대를 하였던 간부의 눈빛이 흔들리기 시작했다.

'여기서 더 반대를 했다가는 지금까지 힘들게 올라온 이 자리를 떠나야 할지도 모른다.'

한 간부는 그런 생각이 들자 이내 마음을 정리하게 되었다.

"저도 회장님의 뜻을 따르겠습니다."

한 명의 배신자가 나오자 그 후로는 우후죽순처럼 배신자가 속출하기 시작했다.

모든 이가 피터슨의 뜻을 따르겠다고 하니 피터슨은 아주 만족한 얼굴을 하며 지시를 내렸다.

"이번 계약은 한국지사의 정상수 차장을 팀장으로 하여 팀을 꾸리기 바란다. 단 이번 계약의 성사 여부에 따라 정 차장의 위치를 다시 정할 것이니 정 차장은 이 점을 고려하여 최선을 다해주기 바란다."

상수는 회장이 자신을 보며 지시를 내리자 조금 놀라기는 했지만 이내 눈빛을 빛내며 대답을 했다.

"알겠습니다. 최선을 다해 회사에 보탬이 되도록 하겠습니다, 회장님."

상수의 대답에 피터슨은 아주 마음에 들어 했다.

상수는 간결하지만 하고 싶은 이야기는 다 하였고 필요없는 말이 없었다.

피터슨은 상수의 화술이 아주 마음에 들었기에 이번 계약도 기대가 되었다.

그만큼 피터슨이 보는 인재에 대한 시선은 남들과는 달랐다.

독특한 사고방식으로 가지고 있는 피터슨이었기에 상수와 같은 독특한 인재를 발견하게 되었다.

상수는 총괄적인 책임자가 되자 그동안 자료를 모으면 만들어진 팀원들과 바로 회의를 지시했다.

"모두 들었겠지만 본인은 이번 계약의 팀장으로 승진한 정상수입니다. 이번 계약은 본사의 입장에서 상당한 비중을 차지하는 계약이라 총력을 기울여야 하기 때문에 지금부터 팀을 다시 정리하겠습니다."

상수는 그렇게 말하고는 그동안 생각한 대로 팀을 다시 구성하게 되었다.

지금은 팀이 너무 비대하게 되어 있어 일이 일사분란하게 처리가 되지 않고 있었다.

상수는 그런 점을 강조하며 바로 팀을 정리하였고, 일부는 남았지만 일부는 다시 자신의 자리로 돌아가게 되었다.

그 결과 상수에게 좋지 않은 감정을 가지고 있던 놈들은 모조리 잘리게 되었다.

상수는 팀을 정리하고 얼마 안 있어 바로 대책을 세우기 위해 회의를 열었다.

"오늘 이 자리에 있는 사람은 제가 생각하기로 가장 정예 멤버라고 생각합니다. 우리는 모레 있을 계약에 대한 세부적인 계획을 세우고 이번 계약이 반드시 우리 카베인과 되게 만들어야 합니다."

"알겠습니다, 팀장님."

새로운 팀원들은 상수의 말에 최선을 다해 노력하게 되었다.

어차피 회장이 직접 지목을 한 사람이었고, 이제는 빼도 박도 못하는 신세들이 되었다.

여기서 실패를 하면 자신들도 앞날이 힘들어지기 때문에 이들은 상수의 지시를 매우 빠르게 진행을 하게 되었다.

카베인의 새로운 팀은 회사의 모든 이들에게 관심을 받고 있었다.

계약을 하는 날이 되자, 상수는 마음을 다스리기 위해 호흡을 정리하고 있었다.

"흐흡, 오늘이 바로 결전의 날이네."

상수는 그렇게 중얼거리며 주먹을 불끈 쥐었다.

무슨 일이 있어도 오늘 계약을 성공시키겠다는 의지의 표현이었다.

성호는 오늘은 아주 깨끗한 정장을 입고 출근을 했다.

상대방에게 좋은 이미지를 보여주려면 옷에 신경을 써야해서 상수도 조금 돈을 써서 준비한 옷이었다.

옷을 사면서 상수는 속으로 욕을 무지 했었다.

'이런 제기랄. 미국이 한국보다 더 옷값이 비싸네. 내가 국제적인 바가지를 쓰게 될 줄이야.'

상수는 정장을 사면서 속으로 그런 생각을 하며 카드를 내미는 손에 작은 떨림이 있었다는 건 그만이 아는 이야기다.

카베인에 출근한 상수는 바로 팀의 사무실로 갔다.

오늘은 이들과 최후의 전쟁을 하는 날이었고, 팀원들도 오늘은 눈빛이 달라 있었다.

이번 계약에 따라 자신들의 앞날이 결정이 되는데 정신을 다른 곳에 출장을 보내고 오는 놈은 없었다.

상수는 팀원들의 눈을 보니 모두 바짝 긴장하고 있다는 사실을 알았다.

"즐거운 아침입니다. 모두 너무 긴장들을 한 것 같은데 조금 긴장을 풀고 있어요. 마지막 남은 시간을 그렇게 긴장을 하고 있으면 막상 협상을 할 테이블에 가서는 맥이 빠지니 말입니다."

상수의 능숙한 언어에 팀원들은 약간 긴장이 풀리고 있었다.

이들도 상수가 한 말이 무슨 뜻인지는 충분히 알고 있었지만 자신도 모르게 긴장되는 것은 어쩔 수 없었다.

"팀장님은 오늘 계약 때문에 우리보다 더 긴장이 되시겠지요?"

"당연하지. 이번 계약의 중심은 팀장님이시잖아."

상수는 팀원들이 조금 긴장이 풀린 것을 확인하고는 입가에 미소를 지었다.

"긴장이라는 것은 우리가 상대를 모르고 있을 때 하는 겁니다. 하지만 우리는 그동안 상대에 대해 많은 것을 파악하였습니다. 그런 상대를 가지고 왜 긴장을 해야 합니까?"

상수의 대답은 이들이 생각과는 달랐다.

"팀장님, 정말 긴장되지 않으세요?"

팀원들 중에 유일한 여성인 캐서린이었다.

"캐서린 사원은 내가 긴장해 보이나요?"

캐서린은 상수를 보았는데 전혀 긴장감이 보이지 않았다.

캐서린은 고개를 흔들었다.

"제가 보기에는 전혀 긴장을 하지 않는 것 같아요."

"우리는 그동안 최선을 다해 준비를 열심히 했고, 오늘은 그에 대한 보상을 받으러 가는 겁니다. 그러니 여러분은 보상이 어떤 것이 나올지를 생각하면 됩니다."

상수의 대답에 캐서린과 팀원들은 자신들도 모르게 행복한 미소를 짓게 되었다.

이들이 상수와 만나 지는 얼마 되지 않았지만 상수는 정말 대단한 인물이라는 생각을 가지게 만들었다.

그리고 오늘도 저렇게 자신들을 챙겨주는 상수를 보니 마음이 저절로 따뜻해지는 기분이었다.

회사를 다니면서 이처럼 가족 같은 기분을 느낄 수가 있다는 사실이 이들에게는 생소한 느낌이었지만, 모두들 그런 기분을 싫어하지는 않았다.

상수의 발언에 금방 팀원들의 분위기는 정상으로 돌아왔다.

모두 긴장감이 풀리기는 했지만 그렇다고 일에 대한 욕심이 사라진 것은 아니었다.

"캐서린 오늘 계약하는 시간이 늦지 않게 조정을 하였나요?"

계약을 하려면 먼저 출발을 해야겠지만 그에 대한 것은 캐서린이 담당을 하고 있었다.

상수는 철저하게 업무를 분리하여 개인에게 담당하도록 하였다.

때문에 이들도 덕분에 일을 수월하게 처리를 하게 되었다.

"예, 만남에 지장이 없도록 아침에 다시 확인을 하였습니다."

"좋아요. 우리는 가기 전에 마지막 점검을 하고 출발하도록 하지요."

상수의 지시로 팀원들은 빠르게 마지막 점검을 하기 시작했다.

카베인의 회장실에는 피터슨이 즐거운 얼굴을 하며 웃고 있었다.

"허허허, 그 친구 정말 인물이기는 하네. 팀원들을 완전히 자신의 사람으로 만들었어."

"그렇습니다. 제가 보기에도 상당히 유능한 인재였습니다. 일을 처리하는 것을 보니 완전히 업무를 파악하고 있는 것인지 개개인에게 그에 맞는 일을 주고는 확실하게 담당하도록 하였습니다."

"자네가 보기에 오늘 계약은 어떨 것 같은가?"

"저는 성공한다고 생각하고 있습니다. 저들은 그동안 정말 최선을 다해 분석을 하였고 준비를 하였으니 말입니다."

계약이라는 것이 아무리 최선을 다해서 준비를 해도 되지 않는 경우가 허다했다.

하지만 이번 계약은 그렇게 되지 않을 것이라는 생각이 강하게 드는 피터슨이었다.

피터슨은 동물적인 감각을 가지고 있는 인물이었다.

그런 피터슨에게 상수는 확실한 감을 가지게 해주었기에 책임자로 발탁을 하게 만들었다.

그리고 일을 진행하는 과정을 보았지만, 정말 흠잡을 곳이 없게 만들었기에 피터슨의 얼굴엔 아주 만족함이 떠올라 있었다.

자신의 선택이 틀리지 않았다는 것을 말이다.

"오늘 계약이 성공하면 저들에게 어떤 것을 주기로 했나?"

"특수부를 만들어서 모두 그곳에서 근무를 하게 한다고 들었습니다. 물론 전원 진급시켜 주고 보상금으로 개인당 백만 달러가 지급이 되는 것으로 되어 있습니다."

"그래? 그러면 팀장은 얼마나 주기로 했나?"

"팀장은 두 배의 금액을 주기로 되어 있습니다."

피터슨은 말을 듣고는 다시 지시를 내렸다.

"다시 전해서 성공을 하면 팀장은 특수부의 장급으로 이사의 직급으로 하고 보너스는 삼천만 달러를 지급하라고 하게."

"헉! 회장님?"

비서는 피터슨의 말에 기겁을 하고 말았다.

일개지부의 차장이 하루아침에 본사 이사급으로 진급한다는 것은 있을 수가 없는 일이었다.

그리고 보너스도 마찬가지의 일이었다.

"놀라지 말고, 그대로 전하게."

피터슨의 지시에 비서는 마음을 다스리기 위해 엄청 고생을 하였다.

이번 계약이 크기는 하지만 그렇게 많은 돈을 보너스로 주고 나면 회사에 이득이 그만큼 줄어들게 되었다.

하지만 비서가 정작 놀란 것은 바로 진급의 문제였다.

본사 이사라는 직함은 누구라도 놀라지 않을 수 없는 파격적인 일이었다.

비서가 나가고 피터슨은 입가에 미소를 지었다.

"내가 해줄 수 있는 것은 다 해주었으니 이제 자네가 능력을 보여줄 때이네. 자네의 능력을 최대한 발휘해 보게."

피터슨은 알 수 없는 말을 혼자 중얼거리고 있었다.

*　　　*　　　*

상수가 오늘 계약을 하려고 하는 회사는 불가리아에서 가장 힘을 가지고 있는 회사로, 이번 공사의 모든 전권을 가지고 있는 에르마이라는 회사였다.

원래는 입찰을 하기로 했지만 무엇이 문제인지 틀어졌고 이렇게 개인적으로 각 회사를 다니며 계약을 체결하고 있었다.

상수가 하는 계약은 모두 총 십오억 달러 규모의 공사를 추진하는 계약이었다.

엄청난 계약이었기에 카베인에서도 총력을 기울여 계약을 성사시키려고 하고 있었다.

상수와 일행은 약속 장소에 먼저 도착을 하였다.

"캐서린 시간은?"

"이제 30분 정도 남았습니다, 팀장님."

캐서린과 팀원들은 지금 상당히 긴장하고 있었다.

사무실을 나올 때도 긴장을 하지 않았지만 막상 자리에 도착을 하니 절로 긴장이 되었다.

"모두 긴장을 풀고 평소처럼 하면 되니 편하게 하세요."

상수의 말에 팀원들은 상수를 마치 괴물 보듯이 보고 있었다.

자신들은 지금 바짝 긴장이 되어 미칠 것만 같은데 팀장인 상수는 전혀 그런 기색이 보이지 않았다.

캐서린은 상수를 보며 진심으로 존경을 하는 눈빛을 보내고 있었다.

"팀장님은 정말 대단한 정력가세요. 어떻게 긴장하지 않을 수가 있죠?"

상수는 여자인 캐서린이 그런 말을 하자 잠시 황당한 표정이 되었다.

하지만 한국과 미국의 정서적인 표현이 달라 그런 것이라는 것을 깨닫고는 다시 입가에 부드러운 미소를 지었다.

"후후후, 캐서린 아무리 엄청난 계약이라도 내가 긴장하면 상대는 눈치를 채고 이용하려고 합니다. 우리는 우리에게 유리하게 계약을 위해 왔지, 상대를 도와주기 위해 온 것이 아닙니다. 앞으로 어떻게 될지는 모르지만 여러분은 모두 이런 경험을 발판으로 삼아 절대 손해는 보는 일이 없기를 바랍니다."

상수의 말대로 긴장을 하면 자신이 원하는 대로 일을 진행할 수가 없게 된다.

그렇게 되면 결국 그만큼 손해를 보게 될 것이고, 이는 자신에게 절대 좋은 일이 아니었다.

팀원들은 상수가 하는 말을 생각하며 속으로 모두 감탄을 하지 않을 수가 없었다.

'역시 우리 팀장님은 괴물이 맞아.'

'나이도 비슷한데 어떻게 저럴 수가 있는 거지?'

각자 생각하는 것은 달랐지만 종합적으로 보면 상수에 대한 감탄과 존경이었다.

상수가 팀원들에게 긴장감을 풀어주고 있을 때 입구에서 들어오는 일행들이 있었다.

바로 오늘 만나야 할 대상이었다.

"저기 오고 있으니 모두 얼굴에 긴장감을 푸세요. 여기는 전쟁터이기는 하지만, 아군이 유리한 지역입니다. 홈의 이점을 이용한다고 생각하세요."

상수는 그렇게 말을 하고는 몸을 일으켰다.

상대에 대한 예의를 지키기 위해서였다.

뚜벅뚜벅.

상대는 사십대 중반의 나이로 인상이 부드럽지만 그 눈빛이 상당히 날카로운 것이 이번 계약이 쉽지는 않을 것으로 보였다.

저런 눈빛을 가진 인물은 냉정하게 상황을 파악하고 있기 때문이다.

상수는 인상을 보고 어느 정도는 생각을 정리를 하고 있었다.

"어서 오십시오. 카베인의 팀장인 정상수라고 합니다."

상수는 상대의 나라가 불가리아였기에 그 나라의 말로 이야기를 했다.

그런 상수를 보고 있던 팀원들은 깜짝 놀라고 말았다.

이들은 불가리아의 말을 모르기 때문에 통역을 대동하고 왔는데 팀장은 아주 유창하게 불가리아어를 사용하고 있어서였다.

하기는 자신들이 한 번도 통역에 대해서 이야기를 하지 않았으니 상수도 말을 할 필요를 느끼지 못해 언급하지 않았을 뿐.

그래서 이런 결과가 나온 것이다.

남자는 상수가 통역도 없이 아주 유창하게 모국어로 인사하는 상수를 보곤 처음부터 기분이 좋아졌다.

"오, 우리 모국어를 아주 유창하게 하십니다."

"하하하, 평소 불가리아에 가고 싶다는 마음에 열심히 익혀두었는데 이렇게 사용하게 될 줄은 정말 몰랐습니다."

상수는 우선 상대의 마음을 허물어야 하기에 그저 친근하게 다가가려고 하였다.

그런 상수의 마음이 전해지는지 남자의 얼굴에는 부드러운 미소가 생기고 있었다.

"하하하, 우리 불가리아를 생각하는 마음이 전해져서 좋습니다."

"불가리아가 얼마나 아름다운 나라인지를 알게 되면 아마 저와 같은 마음으로 언어를 배우게 될 것입니다. 이는 진심으로 드리는 말입니다."

상수는 남자에게 말을 하고 있었고, 남자는 그 말에 진심을
느낄 수가 있었다.

처음에 보여주던 냉정하던 눈빛은 어느샌가 정감이 드는
눈빛으로 서서히 변해가고 있었다.

"고맙습니다. 나는 당신 같은 분은 처음 봅니다. 우리 불가
리아를 그렇게 진심으로 아끼는 마음이 저를 기쁘게 하는군
요."

둘이 서서 이야기를 하고 있으니 팀원들 중에 한 명이 다가
와 상수에게 영어로 말을 건넸다.

"저기 팀장님, 우선 앉아서 대화를 나누시지요."

상수는 팀원의 말에 자신의 실수를 깨달았다는 표정을 지
으며 급히 남자를 보며 말했다.

"앗! 이거 죄송합니다. 불가리아를 생각하다가 보니 앉으
시라는 말을 잊고 있었습니다. 우선 자리에 앉아서 대화를 하
시지요."

상수의 말에는 한마디 한마디가 불가리아를 생각하고 있
다는 느낌을 강하게 주고 또 어필했다.

계약을 준비하면서 듣기론 계약을 주관하는 상대는 불가
리아에서 떠나와 보낸 지 꽤 많은 시간이 흘렀다고 한다.

고국에 대한 향수가 어느 정도 작용할 것이란 의미기도 하

여 상수는 이 점을 포착해 말을 꺼냈던 것이다.

이는 정확하게 적중했다.

그런 상수의 말에 남자는 바로 마음이 풀리며 상수에 대한 무장이 해제되고 있었다.

자신의 나라를 진심으로 아껴주는 사람에게 냉정한 눈빛을 보낼 이유가 남자에게는 없었으니 말이다.

상수는 남자의 눈빛을 보며 이제 천천히 대화를 나누어도 상관이 없겠다는 생각이 들었다.

팀원들은 팀장과 남자가 하는 이야기를 알지 못했지만, 분위기와 표정을 보니 아주 좋게 시작하고 있다는 사실을 확연히 느낄 수 있었다.

준비는 했지만 성공은 아직 모르는 일이라고 생각하던 그들이었다.

한데 자신들의 팀장은 처음부터 유창한 불가리아어를 사용하며 상대의 마음을 여는 데 성공했다.

그런 팀장을 보며 감탄과 존경심이 절로 생기고 있었고, 이들의 눈빛도 빛나고 있었다.

상수는 남자의 이름이 세르바라는 것을 알았고, 더욱 친근하게 계약이 아닌 다른 이야기로 세르바의 마음을 움직이고 있었다.

세르바를 수행하는 이들도 상수가 하는 말을 들으며 입가에 부드러운 미소가 생길 정도로 상수는 불가리아에 대한 많은 지식을 가지고 있었다.

또한 얼마나 불가리아라는 나라를 좋아하고 있는지 그들에게 명확한 인상을 남겨주었다.

한참의 대화는 그렇게 서로에게 좋은 감정을 만들어 냈다.

"세르바는 불가리아가 어떻게 발전을 해야 한다고 생각합니까?"

둘은 오늘 처음 만났는데도 친근하게 이름을 부르는 사이가 되어 있었다.

"우리 불가리아는 아직 경제활동이 많이 부족하네. 그래서 이번 계약을 하여 불가리아의 경제를 살리려고 하고 있는 것이네."

세르바는 상수와 대화를 하며 불가리아의 속사정에 대해서도 말을 하게 되었다.

그런데 이상한 것은 세르바를 수행하고 있는 이들도 세르바와 같이 상수는 이런 이야기를 해도 상관이 없다는 표정이 되었다는 것이다.

상수는 세르바와 더욱 많은 대화를 나누었고, 세르바의 속사정에 대해서 모두 알게 되었다.

'이제 계약에 대한 이야기를 슬슬 꺼내야겠네.'

상수는 지금까지 한 이야기는 사로에게 좋은 감정이 생기게 하기 위해 한 말이었지만, 이제부터는 계약에 대한 이야기로 들어가야 할 차례였다.

　지금 상수가 하는 이 행동과 대화 방식은 자신이 한국에서 겪었던 바로 그 방식의 연장선이었다.

　물론 계약을 하면서 상수가 불가리아에 도움을 주고 싶어 좋은 조건으로 하려고 한다는 이미지를 주는 것이 가장 큰 목적이라 할 수 있었다.

　"세르바가 생각하는 것처럼 불가리아를 발전시키려면 계약을 잘해야겠네요."

　"그렇지 역시 자네는 나를 이해해 주니 마음에 든다네."

　세르바는 입가에 미소를 지으며 상수를 칭찬해 주었다.

　"그러면 이번 공사는 총 얼마나 되는가요? 우리 회사에 이야기를 하여 나도 도움이 되었으면 해서 드리는 말입니다."

　"자네 회사와는 모두 십오억 달러를 이야기했지만, 모든 공사를 진행하려면 이번에 총 사십억 달러의 공사를 진행하려 하고 있네. 그중 일부가 자네 회사이고 말일세."

　세르바는 이번 공사를 한 회사에 주지 않으려고 하고 있었다.

　이는 부정이 생기는 것을 방지하기 위해서였다.

　물론 모든 결정은 세르바가 하는 것이고 말이다.

　상수는 세르바의 말을 듣고는 눈빛이 달리했다.

사십억의 공사라면 카베인의 입장에서도 상당한 금액이라 할 수 있다.

물론 카베인이 건설 회사가 아니기 때문에 도로를 만들거나 하는 공사는 하지는 않는다.

지금 불가리아의 공사는 건설보다는 건설되는 공업단지에 들어갈 기계를 설치하는 일을 중심으로 하는 공사라 할 수 있다.

다시 말해 설비 인프라를 위한 공사가 이번 계약의 포인트인 것이다.

즉, 설비에 관해서 들어가는 금액만 사십억이라는 이야기였다.

"세르바도 많은 곳을 다녀보셨겠지만 대부분이 비슷할 겁니다. 하지만 우리 카베인에 모든 공사를 주시면 내가 책임지고 네고를 받겠습니다. 이는 세르바와 불가리아를 생각하는 마음의 선물이라 생각해 주세요."

상수의 말에 세르바는 심각하게 고민이 가득한 얼굴이 된 채 입을 꾹 다물었다.

상수는 세르바가 고민하는 이유를 잘 알기에 다시 입을 열었다.

"세르바는 부정을 방지하고 싶다고 했습니다. 그리고 이 자리에서 확실하게 이야기할 수 있습니다. 우리 카베인은 부정한 방법으로 공사하지 않습니다. 그리고 부정을 저지를 자금이 있으면 그 돈으로 차라리 불가리아를 위해 사용하고 싶습니다. 이번 공사의 총책임자가 세르바가 되면 문제가 없을 겁니다. 마지막으로 공사비를 기업별로 따로 책정하게 되면 그만큼 협상할 가치는 떨어질 수도 있다고 생각합니다. 결국 비싸게 공사가 이어질 수도 있는 것이지요. 이는 불가리아를 생각해서라도 그렇게 하면 곤란하지 않습니까?"

상수의 말은 세르바의 마음을 충분히 움직이게 하고 있었다.

세르바도 남자고 지금의 자리에 만족을 하지 않고 있었다.

그런 세르바의 마음을 교묘하게 이용하여 모든 공사를 카베인이 하게 하려는 속셈이었다.

세르바는 상수의 눈을 보았다.

하지만 그 눈에는 거짓이 없고, 오로지 진심으로 불가리아를 생각하는 간절한 마음만이 담겨 있었다.

세르바는 상수의 눈을 보고는 고개를 끄덕이게 되었다.

"자네의 말에 진심이 담겨 있다는 것을 알고 있네. 자네가 그만큼 불가리아를 생각해 주니 나도 그에 보상을 해주고 싶네."

여기까지 말한 세르바는 다시 침묵했다. 그리고 얼마나 시간이 지났을까.

굳은 결심을 하기라도 한 듯 세르바가 고개를 들며 상수를 향해 입을 열었다.

"자네를 믿겠네. 자네 말대로 모든 공사를 카베인에 주겠네."

세르바의 대답에 상수는 속으로 환호를 지르고 싶었다.

상수가 게르바와 그의 수행인들에게 이렇게 믿음을 줄 수 있는 이유는 바로 상수의 몸에 있는 붉은 기운이 한몫했다.

붉은 기운이 누구의 것인지는 모르지만, 상대에게는 이상하게 믿음을 주게 하는 힘이 있다.

즉, 상수의 말이라면 모두 진심이라고 믿게 만드는 이능이 있어 이와 같은 일이 벌어진 것이다.

상수도 그런 자신의 능력을 이제는 알고 있어서 적당하게 이용을 하고 있었고 말이다.

영업을 위해서는 지금의 능력은 반드시 필요했다.

제8장 신분 상승

카베인의 본사에 있는 피터슨 회장은 보고를 받으면 놀라고 있었다.

십오억의 계약을 하러 가서는 사십억의 계약을 체결하였다는 보고가 솔직히 믿어지지가 않았다.

"아니, 십오억이 아니고 사십억이라고?"

"예, 회장님 불가리아의 총공사비가 사십억이었다고 합니다. 정상수 팀장이 그런 사정을 알고는 모든 공사를 자신이 하겠다고 하여 계약을 이끌어냈다고 합니다."

"…당장 간부회의를 소집하게."

"예, 회장님."

피터슨 회장의 지시로 전 간부가 모이게 되었다.

카베인의 회의실에는 피터슨의 회장의 카리스마로 인해 고요함 그 자체였다.

피터슨은 모든 간부들이 모이자 비서를 보며 말했다.

"이야기를 해주게."

"예, 회장님."

비서는 잠시 목을 가다듬고는 간부들을 보았다.

"오늘 계약을 위해 떠난 정상수 팀장의 보고가 있었습니다. 우리 카베인이 계약하기로 한 십오억의 계약은 파기가 되었습니다."

비서는 간부들을 놀리기 위해 그런 것인지 그렇게 말을 하고는 잠시 끊었다.

그러자 간부들은 바로 웅성거리기 시작했다.

"그러면 그렇지. 한국지사의 차장이라는 놈이 능력이 있어야 그런 큰 계약을 하지."

"내가 처음부터 알아보았어. 그런 놈에게 그런 엄청난 일을 맡기니 박살이 나지."

간부들은 계약이 파기되었다고 하자 각종 불만이 터뜨리고 있었다.

회장의 지시 때문에 참고 있었던 불만들이 이번에 모두 나오게 된 것이다.

물론 피터슨에 대한 불만은 없었다.

비록 이번 일에 실패했다고는 하지만, 피터슨의 영향력은 아직 엄청났기 때문이다.

피터슨은 간부들이 불만을 터뜨리는 것을 보고 있다가 탁자를 두드렸다.

탕 탕 탕!

"모두 조용!"

피터슨의 고함 소리에 간부들은 바로 조용해졌다.

"계속하게."

"예, 회장님."

비서는 피터슨의 말에 묘한 미소를 지으며 다시 말을 이어갔다.

"정상수 팀장은 불가리아의 십오억 계약을 파기하는 대신 사십억의 공사를 계약하게 되었습니다. 불가리아의 이번 총 공사비가 모두 사십억이었는데 그중에 일부만 하는 것은 불가리아가 손해를 보는 것이라는 논지를 견해, 이해를 시키고 모든 공사를 우리 카베인에서 하는 것으로 계약을 새로 체결했다고 합니다."

비서의 말이 끝나자 간부들 중에 일부는 놀란 얼굴을 하고 있었고 아까 불만을 터뜨렸던 간부들은 불안감에 눈동자가 혼들리고 있었다.

자신들이 불만을 터뜨리는 순간을 피터슨 회장은 모두 듣고 있었고, 보고만 있었다는 사실을 이제야 다시 떠올렸다.

이들의 혼들리는 눈동자를 보고 있는 피터슨은 속으로 코웃음을 치고 있었다.

'흥, 이놈들 나를 그렇게 생각하고 있었다는 말이지. 어디 두고 보자.'

피터슨은 속이 좁아 절대 자신을 무시하는 놈을 그냥 두지 않은 인물이었다.

"모두 들었겠지만 이번 계약은 정상수 팀장의 노력으로 이룩한 엄청난 것이기 때문에 회사에는 그에 따른 보상을 하기로 결정을 했다. 정상수 팀장은 특수부의 장으로 임명하고, 직급은 이사로 한다. 그리고 이번 계약에 속해 있는 이들은 모두 한 단계 진급하여 특수부에 속하게 한다. 마지막으로 보너스는 팀원들은 모두 삼백만 불이고 팀장인 정상수 팀장에게는 오천만 불의 보너스를 지불하기로 결정을 보았으니 모두 그렇게 알고 회사를 위해 노력을 해주기를 바라네."

피터슨의 갑작스러운 발표에 간부들은 기겁하고 말았다.

팀장만 해도 엄청난 상황인데 이제는 이사라고 하니 여기에 모여 있는 간부들 중에 이제 상수에게 상급자는 거의 없었기 때문이다.

팀장은 부장보다는 낮고 차장보다는 높은 직급이었지만 이사는 달랐다.

파격적인 행보였다.

피터슨의 일방적인 발표를 들은 간부들은 피터슨이 나가고 난 뒤 모여 웅성거리고 있었다.

"그러면 이제는 우리보다 상급자로 모셔야 하는 거야?"

"제기랄 한국 놈이 어떻게 그런 엄청난 계약을 한 거야? 이거 팔자에 없는 상관을 모셔야 하니 미치겠네."

특수부라고 하지만 결국 영업부와 같은 부서였고, 상수가 이사라고 하니 이제 영업부에는 두 명의 이사가 존재하게 되었다.

피터슨은 방으로 돌아와서 아주 유쾌한 얼굴을 하며 웃고 있었다.

"허허허, 놈들이 아주 똥 씹은 얼굴이 되어 있겠군그래."

피터슨의 얼굴은 아주 즐거운지 미소가 사라지지 않고 있었다.

지금 간부들이 어떤 표정을 짓고 있는지를 상상하니 피터슨은 오랜만에 아주 기분이 좋아졌다.

비록 보너스가 과하기는 했지만, 회사를 위해 노력을 하면 언제든지 그런 보상을 받을 수 있다는 이미지를 사원들에게 주는 것은 중요한 일이다.

이런 것이 오히려 더 사원들에게 동기를 부여하게 된다는 사실을 피터슨도 알고 있었다.

카베인은 이번 발표로 인해 모든 사원이 경악에 가까운 비명을 지르게 되었다.

특히 상수가 팀장이 되면서 나가게 된 이들이 강하게 불만을 가지게 되었다.

자신들이 열심히 노력하여 얻은 자료를 이용해 저런 행운을 얻었다고 생각을 하고 있어서였다.

"우리가 모든 자료를 얻기 위해 그렇게 노력했는데, 팀장이 마음에 들지 않는다는 이유로 내보내다니. 자신들만 저렇게 행운을 가질 수는 없는 거야."

쫓겨 난 이들이 떠드는 말이었다.

하지만 직원들은 그런 이들의 말을 다르게 보고 있었다.

'저런 능력도 없는 놈과 친하게 지내면 나만 손해이니 어느 정도 거리는 두는 것이 좋겠어.'

직원들은 팀에서 나가게 된 이들을 좋게 평가를 하지 않고 있었다.

오죽하면 팀장이 나가라는 말을 하였겠나 하는 생각이 들어서였다.

상수와 팀원들이 회사로 돌아오니 회사의 입구에서는 피터슨 회장이 직접 이들을 맞이해 주었다.

"축하하네, 정 이사."

상수는 갑자기 이사라고 하자 놀라서 되물었다.

"예, 이사라니요?"

"허허허, 오늘부로 자네는 이사로 진급을 하였네. 그러니 이사라고 부르는 거지."

피터슨 회장이 직접 환영을 해주고 있어 상수는 영광이라는 생각을 하고 있었는데 뜻하지 않은 선물을 받으니 놀라게 되었다.

상수가 바로 대답하지 못하는 것을 보고 있는 피터슨은 무엇이 그렇게 즐거운지 입가에 미소가 사라지지 않고 있었다.

자신의 선물이 상수를 놀라게 하였다는 것이 피터슨을 즐겁게 해주었다.

"자네들도 모두 진급하게 될 거네. 그리고 보너스는 모두에게 삼백만 불을 주기로 하였으니 기대해도 좋을 거야."

피터슨 회장이 팀원들을 보며 직접 말을 해주니 팀원들의 얼굴에는 모두 기쁨이 가득한 눈빛을 하고 있었다.

아마도 피터슨 회장이 자리에 없다면 이들은 환호를 질렀을 것이다.

특히 캐서린의 얼굴에는 행복 가득한 얼굴이 되어 있었다.

이는 캐서린이 사실 집안에 좋지 않은 일이 있어 많은 돈이 필요했는데, 보너스가 생각하는 이상으로 나오는 바람에 모든 문제가 일시에 해결되게 생겼기에 터져 나온 미소였다.

상수는 피터슨 회장과 함께 회장실로 가게 되었고 팀원들도 사무실로 갔다.

상수는 이번 계약으로 엄청난 출세를 하게 되었다.

본사의 이사급이면 같은 이사라 해도 리처드보다 높은 자리였기 때문이다.

일반적으로 지사장은 부장보다는 높지만 이사의 바로 밑에 있는 직급이었다.

물론 리처드는 실제로 이사를 맡은 채 지사로 와서 예외이긴 하지만, 그렇다곤 해도 상수가 리처드의 상급자가 되는 것은 다르지 않았다.

참으로 아이러니한 상황이라 말할 수 있었다.

'후후후, 리처드 지사장이 나에게 이런 기회를 주었는데 한국에 그냥 있게 할 수는 없지. 조만간에 미국으로 다시 오도록 해야겠다.'

상수는 당분간 미국에 있어야 한다는 사실을 알고는 리처드를 미국으로 불러오기로 결정을 하였다.

그리고 가장 문제는 바로 한국에 계시는 어머니였는데 자신이 미국으로 가자고 해도 오실 분이 아니었다.

한국에 이모도 살고 있는데 말도 통하지 않는 미국으로 오실 이유가 없었기 때문이다.

'휴우, 어머니를 설득하는 것보다는 그냥 한국에 계시게 하는 것이 가장 좋은데 어떻게 하는 것이 좋을지 모르겠다. 당장은 급한 것이 아니니 시간을 가지고 생각을 해보자.'

피터슨 회장과 이동하면서 상수는 앞으로의 일에 대해 심각하게 고민에 고민을 거듭했다.

회장실에 도착하자 피터슨은 안으로 들어가서 상수를 갑자기 안아주었다.

"정말 수고했네. 나에게 이런 기쁨을 주는 사람은 자네가 처음이었네."

피터슨은 자신의 감정을 감추지 않고 상수에게 그대로 표현을 하였다.

"그렇게 생각해 주시니 정말 감사합니다, 회장님."

피터슨은 상수를 놓아주면서 상수의 얼굴을 보았다.

"허허허, 그런데 자네 이제 앞으로 미국에 근무해야 하는데 한국에는 가족이 있는가?"

피터슨도 상수를 한국으로 보내기 싫어 하는 소리였다.

저렇게 능력이 있는 친구를 가까이에 두고 지켜보며 능력이 되면 더욱 크게 키워주고 싶었다.

"어머니가 계시는데 아마도 오시지 않을 겁니다. 우선은 말이 통하지 않은 낯선 곳에 와서 살라고 하면 그냥 한국에서 사시겠다고 하실 겁니다. 그곳에는 다른 어머니의 형제분이 계시니 말입니다."

피터슨은 상수의 말에 고개를 끄덕였다.

자신도 나이를 먹으니 다른 곳으로 가려면 걱정이 되는데, 상수의 어머니는 오죽하겠냐는 생각이 들었다.

"그러면 가족은 어떻게 하려고 생각하는가?"

"우선은 한국에 계시게 할 생각입니다. 저야 본사에 근무해도 한국으로 갈 수가 있으니 말입니다."

상수가 본사에 근무를 한다고 미국에만 있는 것은 아니었다.

영업을 책임지는 특수부의 조건상 해외로 나가는 일이 많은 것이고 그로 인해 상수도 본사에 있는 시간보다는 외부에 있는 시간이 더 많을 것이기 때문이다.

피터슨은 고개를 끄덕였다.

"그 문제는 자네가 알아서 하게. 가족에 대한 이야기는 나도 뭐라고 할 수 없으니 말이네."

"알겠습니다. 그리고 신경을 써주셔서 감사합니다, 회장님."

상수는 정중하게 감사의 인사를 하였다.

피터슨은 그런 상수의 인사를 받으며 남자가 비굴하지 않고 당당한 모습을 보여주어 마음에 흡족했다.

보통은 진급하면 조금은 고마운 마음에 행동이 변하게 마련인데 상수는 그런 모습을 보여주지 않았다.

피터슨과 이야기를 마친 상수는 바로 사무실로 갔다.

팀원들과 있었던 사무실은 사라지고 이제는 새롭게 만들어진 특수부라는 글이 달려 있었다.

자신은 특수부의 장이면서 이사의 직급을 가지게 된 것이다.

물론 내일부로 공식적인 직함이 되었다.

상수가 문을 열고 안으로 들어가자 갑자기 무언가 터지는 소리가 났다.

펑 펑 펑.

생일 케이크에서나 사용하는 폭죽이 터지면 상수의 머리를 장식하고 있었다.

짝짝짝.

"축하합니다, 이사님."

"고맙습니다, 이사님."

팀원들은 이번 계약에 자신들이 정말 도움이 되지 않았다는 사실을 모두 인정을 하고 있었다.

이번 계약은 오로지 상수의 힘으로 이루어졌고, 자신들은 그런 상수의 그늘에 있는 바람에 이런 엄청난 이득을 얻게 되었을 뿐이다. 때문에 고마움을 전하고 싶어 이런 자리를 마련한 것이다.

상수는 그런 팀원들의 마음을 알았기에 부드러운 미소를 지어주었다.

"자, 이런 축하는 고마운데 우리는 이제부터 시작이라는 것은 알지요? 이제 특수부로 새롭게 우리는 태어나게 되었으니 여러분은 앞으로 더욱 노력해야 할 겁니다. 저의 지휘를 받게 되면 대충했다가는 바로 회사를 그만두어야 할 테니 말입니다."

상수는 진짜로 대강대강 하는 사람은 팀에서 내보낼 생각이었다.

전에도 팀에서 불만을 가지고 있거나 대충 일을 하는 사람들은 모조리 내보내고 남아 있는 인원들만 꾸려 나갔기에 직원들도 그런 상수의 성격을 알고 있었다.

"저희는 이사님을 믿고 따라가겠습니다."

"최선을 다해 이사님을 모시겠습니다."

직원들이 모두 그렇게 대답을 하니 상수도 기분이 좋았다.

그런데 갑자기 캐서린이 뛰어나와 상수의 품에 안겨 버렸다.

상수는 그런 캐서린을 외면할 수가 없어 품에 안게은 채 감싸게 되었다.

"이사님 정말 고마워요. 이사님 덕분에 제가 엄청난 도움을 받았어요."

"캐서린은 이번 가족들 때문에 심적으로 부담이 많이 갔기에 하는 말이었다.

모든 부담이 일시에 해결이 되었기에 그 고마움을 참지 못하고 상수의 품에 안겨 버린 것이다.

"와우우! 우리 캐서린 용감하다."

"캐서린 파이팅!"

남자 직원들은 캐서린의 사정을 모두 알고 있었고 지금 캐서린이 왜 저렇게 하는지를 알기에 환호를 해주었다.

그런 직원들의 환호에 캐서린도 부끄러웠는지 상수의 품을 얼른 벗어났다.

"어머 내가 무슨 짓을……."

상수는 캐서린이 얼굴을 붉히자 갑자기 장난을 치고 싶다는 생각이 들었다.

"흠, 캐서린이 나를 외면하네요. 아까는 아주 좋았는데 말입니다."

상수의 농담에 주변은 바로 폭소가 터졌다.

"푸하하하, 우리 이사님 너무 멋지십니다."

"하하하, 이사님 최고입니다."

이들은 상수가 캐서린이 무안하게 생각하지 않도록 배려를 한 것으로 오해를 하였다.

사실은 장난을 치고 싶어 한 소리였는데 말이다.

그때 노크 소리가 들렸다.

똑똑.

노크가 들리며 문을 열고 안으로 들어오는 여자가 있었다.

"정상수 이사님, 오늘부로 새로운 사무실이 배정이 되었습니다. 지금 가시겠습니까?"

상수는 아름다운 미녀가 와서 말을 하니 기분은 좋았지만 새로운 사무실이라고 하니 조금은 놀라게 되었다.

"새로운 사무실이라고요?"

상수가 의문스럽게 묻자 미녀는 상수에게 아주 화사한 미소를 지으며 대답을 했다.

"오늘부터 정 이사님은 따로 사무실을 사용하실 수가 있으세요. 저는 이사님의 비서로 오늘부로 발령이 났습니다."

상수는 피터슨 회장이 이런 지시를 하였다는 것을 알았다.

보통은 아무리 빨라도 이렇게 빠르게 사무실을 주지 않았기 때문이다.

"이사님 축하드립니다. 어서 가보세요."

팀원들이 상수를 보며 어서 가보라고 하여 상수는 할 수 없이 나가게 되었다.

"오늘 저녁은 단체 회식이 있으니 어디 갈 생각하지 마세요. 이거는 팀장의 직급으로 내리는 마지막 명령입니다."

상수의 회식 선언에 팀원들은 모두 얼굴이 화사하게 변했다.

"예, 팀장님."

"명령이라면 따라야지요. 기다리고 있겠습니다, 팀장님."

이들도 내일부터는 상수를 더 이상 팀장이라고 부를 수 없었기에 마지막이라는 말에 모두들 팀장이라는 호칭을 사용하고 있었다.

며칠 지내지는 않았지만 이들에게 상수는 영웅이었고 자신들을 이끌어 줄 사람으로 인식하고 있었다.

상수의 옆에 있으면 콩고물이라도 크다는 것을 알기에 절대로 다른 곳으로 갈 생각이 없었다.

상수는 미녀를 따라 사무실을 보기 위해 갔다.

카베인에서 상수의 사무실을 준비한 이유는 바로 계약 때문이었고, 앞으로도 상수에게 일을 하게 하려면 그만한 대접을 해주어야 한다는 생각에 빠르게 사무실을 마련해 준 것이다.

상수는 사무실에 도착을 하여 안으로 구경하니 이거는 혼자 사용하기에는 너무 컸다.

"아니 다른 이사들의 사무실도 이렇게 커요?"

"이사님, 저는 오늘부로 이사님의 비서이니 말씀을 편하게 해주세요. 그리고 저의 이름은 아만다라고 해요."

아만다는 자신의 소개를 하면서 눈꼬리를 살살 치는 것이 엄청난 유혹이었다.

단지 그런 아만다의 유혹이 상수에게는 먹히지 않는다는 것이 문제였지만 말이다.

상수는 아만다의 유혹이 몸이 뜨거워지려고 하다가 갑자기 몸속의 붉은 혈기가 그런 상수의 몸을 바로 식혀 버렸다.

'헐, 이거 완전 대박이네. 나에게는 미인계는 통하지 않게 되었으니 좋기는 한데 이러다가 사랑하는 여자를 만나지 못하는 것은 아닌가?'

상수는 아만다의 유혹을 지우면서 그런 생각이 들었다.

아만다는 상수를 유혹하기 위해 필살기를 사용했는데도 상수의 태도를 보고 맥이 빠져 버리고 말았다.

'아니 나처럼 미끈한 미인의 유혹이라면 철로 만든 인간이라도 넘어와야 하는데 도대체 어떻게 된 거지?'

아만다는 사실 이번 발령에 누군가의 수작이 개입이 되어 오게 된 여자였다.

피터슨 회장이 상수를 이사로 발령을 내자 카베인에 있는 다른 거물이 상수를 자신의 편으로 만들기 위해 아만다를 보낸 것이다.

하지만 아만다의 치명적인 유혹도 상수에게는 통하지 않게 되었으니 앞으로의 일이 궁금해지고 있었다.

"아만다, 아까 한 질문에 답변이 없네요?"

상수는 아만다를 보며 물었다.

아만다는 그런 상수의 눈을 보고는 자신의 유혹이 먹히지 않는다는 사실을 확실히 알게 되었다.

"이사님, 원래 이사님의 사무실은 이 정도의 크기입니다. 다른 이사님의 사무실도 여기와 같으니 말이에요."

아만다는 자신의 유혹에 넘어가지 않는 상수에게 이상하게 승부욕이 생기고 있었다.

'흥, 나의 유혹을 견딘다는 말이지? 이대로 내가 패배를 할 수는 없지.'

아만다는 입술을 깨물며 무언가 결심을 하고 있었다.

상수는 아만다의 말에 고개를 끄덕였다.

자신이 사용하는 사무실의 입구에는 작은 사무실이 따로 있었는데 아마도 거기가 비서실로 이용을 하는 것 같았다.

반면 상수는 이사실에 있는 커다란 탁자를 보며 폼을 잡기는 좋겠다는 생각이 들었다.

이사가 머무는 방은 혼자 사용을 하는 커다란 탁자가 있었고 손님이 오면 함께 대화를 나눌 수 있는 쇼파들이 있었다.

상수는 앞으로 여기를 어떻게 활용을 하는 것이 좋을지를 생각하고 있을 뿐이었다.

아만다는 자신을 옆에 두고도 눈길 한번 주지 않는 상수에게 화가 나고 있었다.

'아니, 나 같은 미녀를 옆에 두고 일을 생각할 수가 있는 거야?'

아만다는 처음부터 목적이 상수를 유혹하는 것이라 이런 생각을 하고 있었다.

아마도 그냥 일반적인 미녀였다면 그런 상수를 보며 대단하다는 생각을 하였겠지만 말이다.

상수가 생각을 정리하는 동안 아만다는 마지막 수를 써먹기로 하였다.

자신이 지금 입고 있는 미니스커트를 조금 더 올리고 가슴을 이용하여 상수의 몸을 달아오르게 하려고 하였다.

아만다는 상수의 옆으로 가서 등에 살짝 가슴을 대고 말을 하였다.

"이사님, 차라도 드릴까요?"

아만다는 말을 하면서 살짝 가슴으로 등을 눌렀다.

상수는 갑자기 등에 뭉클한 느낌을 받자 속으로 놀라고 있었다.

'헐, 서양 여자들이 대담하다는 말은 들었지만 이처럼 대놓고 유혹할 줄은 몰랐네. 이거 잘못하면 정말 개쪽을 당할

수도 있겠어. 회장님에게 이야기를 해서 비서를 다시 보내달라고 해야겠어.'

상수는 대놓고 유혹을 하는 아만다에게 위험한 냄새를 맡았기에 그런 생각을 하게 되었다.

비서는 업무를 도와주기 위해 있는 것이지 몸으로 대화를 하기 위해 있는 것이 아니라고 생각하고 있어서였다.

상수는 그렇게 생각하니 몸속에서는 더욱 붉은 혈기가 왕성하게 움직였고, 정신을 차갑게 해주니 냉정을 유지할 수가 있었다.

"아만다는 잠시 나가주겠어요? 차는 나중에 생각이 정리되면 마실게요."

상수의 말에 아만다는 얼굴에 놀랍다는 표정을 지었다.

'어떻게 나의 유혹을 벗어날 수가 있는 거지? 이 남자 혹시 고자 아냐?'

아만다는 이런 생각을 하며 살며시 입술을 깨물었다.

하지만 상수의 말에 대답은 달콤한 목소리로 하고 있었다.

"예, 알았어요, 이사님."

아만다는 상수를 혼자 두고 문을 열고 나갔다.

밖으로 나온 아만다의 얼굴은 일그러지며 차가운 눈빛으로 문 너머를 흘겼다.

아까는 사랑을 하는 눈빛이었지만 지금은 완전히 달라진

모습이었다.

"아니, 뭐 저런 남자가 다 있어? 정말 고자라면 이거 골치 아프게 되었네. 부사장님이 처음으로 하는 부탁이었는데 실패하게 됐으니 이제 어쩐다……."

아만다는 카베인의 부사장의 지시로 상수를 유혹하기 위해 오게 되었다,

하지만 상수는 아만다의 치명적인 유혹에도 아무런 반응이 없었기에 아만다를 더 곤란하게 하고 있었다.

아만다는 자신의 가슴으로 하는 유혹에는 세상 모든 남자가 넘어올 것이라는 자신감을 가지고 있는 여자였다.

물론 그 유혹에는 부사장도 포함이 되었고 말이다.

자신이 유혹을 하면 남자들은 자신과 하룻밤을 보내고 싶어 안달을 해야 정상인데, 상수는 다른 남자들과는 달랐다.

아만다가 그런 생각을 하고 있을 무렵, 상수는 혼자 여러 가지의 생각을 하고 있었다.

'한국의 어머니에게 연락을 하여 당분간은 미국에서 생활을 한다고 이야기하고 이해를 시켜야겠어. 그리고 미국에서 생활을 하면서 우선은 내 위치를 조금 더 키우자. 그렇게 되면 회사도 커지게 될 것이고, 나를 보는 눈들이 달라질 테니. 내가 지금보다는 더욱 크게 성장을 해야 한국의 놈들과 상대할 수 있을 것이니 말이야.'

상수는 원래 성격이 받은 것은 절대 잊지 않고 기억을 하고 있는 성격이었다.

바로 누리에 받은 모욕을 지금도 기억을 하고 있다는 이야기였다.

자신이 성장을 하면 누리를 그대로 둘 생각이 없는 상수였다.

특히 해외에 있는 그 연구소를 생각하면 지금도 열불이 나는 상수였다.

그곳에서의 일만 없었으면 자신을 암살하려는 놈들이 오지 않았을 것이라는 생각이 들어서 지금도 가끔 화가 나서 당장에 가서 탈탈 털어버리고 싶은 심정이다.

"이놈들 조그만 더 기다려라."

상수는 본인도 모르게 그렇게 중얼거리고 있었다.

제9장 새로운 인연들

상수는 이사로 발령이 나고 바로 피터슨 회장을 찾아가서
비서를 새로 고용하고 싶다고 하여 아만다는 다음 날 바로 다
른 곳으로 가게 되었다.

"아니 내가 어디가 어때서 싫다는 거야?"

아만다는 지금 비서실에서 자신의 물건을 챙기면서 화를
내고 있었다.

오늘 출근하니 아침부터 자신은 다른 곳으로 발령이 났으
니 짐을 옮기라는 지시를 받았기 때문이다.

그리고 그 지시를 내린 것이 다름 아닌 상수라는 사실에 더

더욱 화가 난 것이다.

아만다는 짐을 챙기며 그렇게 화를 내며 사라졌다.

그 무렵, 상수는 회장실에서 특별 보너스를 따로 받고 있었다.

"이거는 자네에게만 주는 특별 보너스일세. 이번 계약에 성공하여 회사에 많은 이득을 남기게 하였기 때문에 주는 것일세."

상수는 갑자기 보너스라고 주는 봉투를 받았다.

안에 얼마나 들었는지는 모르지만 피터슨 회장의 성품으로 볼 때 적지 않은 금액이라고 생각이 들었다.

"이미 보너스를 받았는데 또 보너스를 주시니 정말 감사합니다. 회장님."

상수는 이미 회사에서 오천만 불이라는 엄청난 금액을 보너스로 받았다.

그런데 또다시 특별 보너스라고 하며 주고 있으니 솔직히 고마웠다.

피터슨 회장이 자신을 특별하게 챙겨주고 있다는 느낌을 강하게 받아서였다.

상수의 인사에 피터슨은 아주 기분 좋은 미소를 지었다.

"허허허, 지금처럼만 하게. 그러면 보너스는 넉넉하게 챙겨줄 것이니 말일세."

"알겠습니다. 최선을 다해 열심히 하겠습니다, 회장님."

상수는 그렇게 특별 보너스를 받고는 자신의 사무실로 돌아왔다.

사무실에는 아만다가 없었는데 아마도 회장의 지시로 다른 곳으로 간 모양이었다.

상수는 아만다가 미인이기는 하지만 몸으로 유혹하는 그런 여자를 옆에 두고 싶지는 않았다.

자신은 일을 위해 여기 있는 것이지, 여자를 보기 위해 있는 것이 아니라 생각하는 상수였다.

"그런 미녀가 옆에 있으면 정신만 혼란스럽게 되니 잘되었어. 나는 미녀가 아니라도 열정적으로 일하는 그런 여자의 도움을 받고 싶은 거야."

상수는 그렇게 말을 하고는 자신의 사무실로 들어갔다.

그런데 그 안에는 또 다른 미녀가 책상을 정리하고 있었다.

아만다에 비해 절대 뒤지지 않은 그런 미녀였다.

단지 아만다와 다른 것이 있다면 아만다는 섹시한 분위기를 가지고 있지만 지금 눈으로 보고 있는 미녀는 단아한 분위기를 풍기고 있다는 점이 달랐다.

미녀은 상수가 들어오자 바로 몸을 돌려 정중하게 인사를 했다.

"안녕하세요. 정상수 이사님, 오늘부로 이사님의 비서로 발령을 받은 미셸이라고 합니다."

상수는 아름다운 미셸을 보며 아만다와는 참 다르다는 생각이 들었다.

"반가워요. 정상수예요. 앞으로 친하게 지내요."

"반겨주셔서 감사합니다, 정 이사님."

미셸은 차분한 눈빛을 가지고 있어서 상수를 편하게 해주고 있었다.

여자라고 분위기가 모두 같지는 않았는데 미셸은 아주 좋은 느낌을 상수에게 주고 있었다.

상수는 그런 미셸을 보며 부드러운 미소를 지어 주었다.

"앞으로 잘해 봐요."

"예, 이사님."

미셸은 상수에게 인사를 마치고는 자신의 자리로 돌아가고 있었다.

상수는 미셸이 나가고 책상에 앉아 미국은 미녀가 참 많다는 생각을 하였다.

"땅이 커서 그런가? 미인들이 참 많네."

상수는 그렇게 생각을 하고는 품에 있는 봉투를 꺼냈다.

회장실에서는 전혀 내색하지 않았지만, 안에 얼마나 들었는지 솔직히 궁금하던 상수다.

상수는 봉투를 열어 안으로 보니 그 안에는 수표가 있었는데 무려 천만 불이나 되는 거금이 들어 있었다.

"헉! 나 그럼 보너스로만 육천만 불을 받은 건가? 도대체 얼마나 부려먹으려고 이렇게 많은 돈을 주는 거야?"

상수는 이런 거금을 받으니 마음이 다시금 불편해지고 있었다.

이런 거금을 주는 이유는 그만큼 일을 하라는 것이고, 상수는 과연 그럴 수 있을지 걱정이 되었다.

하지만 마음을 진정시키고 나자 상수의 눈빛이 다시 빛나기 시작했다.

"그래, 까짓 거 해보자. 남자가 태어나서 이런 경험을 하는 것도 대단한 일이지."

상수는 마음가짐을 달리하니 자신감이 생겼다.

미국인은 아니지만 미국에서 출세하여 당당하게 한국으로 돌아가는 것도 나쁘지 않다고 생각이 들었다.

상수는 많은 돈이 있으니 이 참에 통장을 정리하기로 결정을 내렸다.

상수는 많은 자금을 가지고 있으니 자신도 은밀히 자금을 보관할 계좌를 가지고 싶었다.

별도로 해외 계좌를 가지고는 있지만 그보다 더 안심할 수 있는 나만의 계좌를 꿈꾸는 상수다.

해서 상수는 스위스 비밀 계좌를 만들려고 하고 있었다.

물론 상수가 보관을 하는 자금이 이상한 것은 아니었다.

상수는 먼저 암살자들이 가지고 있던 자금과 보너스로 받은 자금 중 절반을 비밀리에 계좌를 만들어 넣어두려고 하였다.

"나도 스위스 은행에 비밀리에 통장을 하나 만들어 두자. 사라의 일은 혹시 모르니 미리 준비를 해두는 것이 좋겠지. 그리고 미국의 은행 중 하나에 계좌를 개설하고 전 세계에서 사용할 수 있게 하면 되겠다. 한국에는 이미 통장이 있으니 넘어가자."

상수는 그렇게 처음부터 다시 시작하는 마음으로 조심스럽게 한걸음 한걸음 내딛고 있었다.

상수의 일을 도와주기 위해 와 있는 미셸은 오늘 처음 본 상수가 아주 마음에 들었는지 얼굴에 미소가 그리고 있었다.

자신의 상사가 되는 상수라는 사내는 상당히 정순한 인물 같았다.

남자들이 자신을 보면 대부분은 눈에 욕망이 가득했는데 상수의 눈은 아주 깨끗했고 자신을 보는 시선에도 끈적임이 없어 좋았다.

미셸은 하버드를 졸업한 인재였지만 문제는 미모 때문에 자신의 재능은 보지 않고 오로지 몸을 원하는 일이 발생하자 그동안 마음고생이 상당히 심했었다.

그런데 오늘 새롭게 발령이 나서 자리를 옮기며 솔직히 고민이 많았다.

오늘 새로 만나는 이사도 다른 남자와 같으면 이번에는 회사를 그만둘 생각까지 먹고 있었다.

하지만 미셸의 그런 생각은 모두 상수를 만나면서 사라져 버렸다.

상수는 미인이라고 해서 이상한 시선으로 보지를 않아서였다.

"우리 이사님은 멋진 분이야."

미셸에게 상수는 단번에 멋진 남자로 인식이 되고 말았다.

한편, 카베인의 한국 지사에서는 상수에 대한 결정을 통보해 주었는데 리처드는 본사의 결정에 놀라지 않을 수가 없었다.

"허어, 이거 능력이 있다고 해서 추천하기는 했지만 이 정도로 능력이 대단한 사람이었다는 말인가?"

리처드는 본사에 추천을 하여 상수가 재능을 키우기를 바라고 있었지만, 이렇게 순식간에 상급자가 되어버릴 줄은 몰랐기에 놀라고 있었다.

그날 한국 지사에서는 특별 회식이 있었고 모든 직원들에게 참석하라는 지시가 내려졌다.

"예린 씨, 혹시 뭐 다른 것 아는 것 없어요?"

"저도 모르겠어요. 지사장님 특별 지시이니 전달하는 것뿐이에요."

"도대체 무슨 일인데 회식을 한다고 하는 거지?"

과장들은 갑자기 내려진 지시로 인해 정신이 혼란해졌다.

그날 저녁 일을 마치고 카베인 한국 지사의 직원들이 모두 몇 명 회식을 하게 되었다.

리처드는 모두 모인 것을 확인하고는 직원들을 보며 천천히 말을 했다.

"모두들 정상수 차장님을 알고 있지요?"

"예, 알고 있습니다. 지사장님."

"오늘 본사에서 내려온 공문에 정상수 차장은 오늘부로 본사의 이사로 승진하게 되었습니다. 특수부 팀장도 겸해서요. 그래서 모두 회식 자리를 마련하게 되었습니다. 여러분 모두 정 이사님을 축하해 주시기 바랍니다."

리처드의 말에 직원들은 거의 혼수상태가 되고 말았다.

무슨 도깨비도 아니고 출장을 간다고 알았는데, 가서는 바로 이사가 되어 버렸다니…….

이들은 정신이 해외로 출장을 갈 것만 같았다.

일부 정신을 차린 직원들은 태성그룹이 그런 상수를 왜 노렸는지를 이해가 가는 얼굴을 하고 있었다.

카베인의 본사에 이사로 있는 것이 태성그룹의 부장으로 있는 것보다는 당연히 좋았다.

이사 자리를 예약한 상수가 태성의 조건을 거부하는 것은 당연한 일이었다.

이들은 상수가 이미 이사라는 자리를 예약하고 잠시 한국 지사에 업무를 배우기 위해 있었다는 것으로 결론을 굳히고 있었다.

그렇게 뛰어난 능력자가 낙하산으로 온다는 건 결국 이런 식의 이유가 있게 마련이라며.

그렇지 않으면 지금의 상황이 이해가 가지 않았기 때문이라며.

직원들의 많은 이야기가 오갔지만 정작 리처드는 이들에게 아무런 이야기도 해주지 않고 있었다.

"지사장님, 우리 정 이사님은 이제 한국으로 오시지 않는 건가요?"

예린은 눈물을 보이며 묻고 있었다.

상수를 혼자 연모하고 마음속에 담아 두고 있었는데 이제는 감히 바라보지도 못하는 곳에 올라가 있었기 때문이다.

"제가 알기로는 본사에서 근무하기로 되었다고 들었어요."

리처드도 예린이 상수를 좋아하고 있다는 사실을 알고 있었다.

하지만 남녀 간의 연예를 자신이 개입할 수는 없는 문제였기에 그냥 보고만 있었다.

"흑흑흑, 우리 정 이사님, 저를 생각이나 하실까요?"

예린은 술이 조금 들어가니 혼자 쌩쇼를 하기 시작했다.

직원들은 그런 예린을 보며 한숨을 쉬었고 말이다.

일부 남자들은 그런 예린을 보며 안타까운 눈을 하며 보고 있었다.

그들도 예린을 마음에 두고 있었기 때문이다.

서로가 다른 사람을 마음에 두고 있으니 이들에게는 불행이었다.

회식을 마치고 리처드는 집으로 돌아오는 길에 본사의 상수로부터 전화를 받게 되었다.

"하하하, 정 이사님 축하드립니다. 이거 제가 먼저 전화를 드렸어야 하는데 말입니다."

"리처드 지사장님, 저에게 이런 기회를 주신 것에 감사를 드리고 싶어 전화를 드렸습니다. 정말 감사합니다."

상수는 자신이 먼저 감사의 인사를 해야 한다고 생각하고 퇴근 시간을 맞추어 전화를 한 것이다.

"하하하, 본사에 가서 그만한 능력을 보여주었으니 그런 자리를 가질 수가 있는 겁니다. 제가 한 일은 그저 재능이 있는 분을 추천한 것밖에 없습니다."

리처드의 대답에 상수는 그런 리처드가 참 고마웠다.

누가 부하 직원에게 그런 기회를 제공하겠는가 말이다.

"아닙니다. 그런 기회를 제공해 줄 수 있다는 것만 해도 엄청난 일이지요. 저는 리처드 지사장님에게 정말 고맙고 감사하다고 생각하고 있습니다."

"하하하, 그렇게 말씀하시지 않아도 됩니다."

"나중에 이 은혜를 갚을 날이 있을 겁니다, 지사장님."

상수는 리처드를 미국으로 데리고 온다는 뜻에서 하는 말이었다.

리처드는 상수가 감사하다는 전화를 주어 기분이 좋았다.

이거는 마치 선생이 제자가 잘되어 흐뭇한 기분을 느끼는 것 같았다.

상수와 통화를 마치고 리처드는 웃을 수가 있었다.

"하하하, 내가 사람은 제대로 만났구나."

리처드의 웃음소리가 메아리를 치고 있었다.

한편 상수는 리처드와 통화를 마치고 기분 좋게 특수부의 사무실로 가고 있었다.

특수부는 이제 카베인에서는 대단한 부서로 소문이 나 있었다.

이번 계약으로 인해 특수부는 엄청난 보너스를 받게 되었기에 다른 부서에서도 부러움을 느끼고 있었다.

문이 열리면서 상수가 들어오자 부원들은 상수를 보고 아주 정중하게 인사를 하였다.

"어서 오십시오, 이사님."

"반갑습니다, 이사님."

부원들을 보니 상수는 입가에 미소가 그려졌다.

이들은 이제 완전한 자신의 사람이라는 생각이 들어서였다.

"모두 즐거운 얼굴을 하고 있는 것을 보니 어제 좋은 일이 있었나 봅니다."

어제 이들은 보너스를 타서 집으로 갔으니 아마도 그 여파가 대단했을 것이다.

"이사님 덕분에 집에 가서 큰 소리 좀 쳤습니다. 하하하."

"저도 이사님 덕분에 어깨에 힘 좀 주고 왔습니다."

부원들이 모두 즐거운 얼굴을 하고 있으니 상수는 마음이 흐뭇했다.

"자, 이제부터 우리는 특수부의 전설을 만들어 가야 합니다. 그러니 어제의 마음은 모두 버리고 이제부터는 새로 시작한다는 마음으로 해야 합니다. 모두 아시죠?"

"예, 알겠습니다, 이사님."

이들도 특수부가 지금 어떤 위치에 있는지를 알고 있었다.

오늘 아침에 출근하면서 느낄 수가 있을 정도로 다른 이들의 시선에 부러움이 담겨 있었다.

"아직 우리 특수부에 업무가 배당이 되지 않았지만, 우리는 일을 찾아서 해야 합니다. 가만히 기다리고 있으면 누가 일을 주는 것이 아니기 때문입니다. 그래서 어차피 해야 하는 일을 하루라도 빨리 시작을 하는 것이 좋으니 지금부터 여러분은 일거리를 찾는 겁니다. 카베인이 그동안 힘들어서 하지 못했던 거래나 계약 같은 것을 알아보세요. 어떤 것이라도 상관이 없으니 발품을 팔아보세요. 무슨 말인지 아시겠지요?"

상수의 지시는 상당히 힘든 일이기는 했지만 그렇다고 하지 못하는 일은 아니었다.

단지 타 부서에서 처치 곤란한 일을 알아내는 것이라 조금 힘들기는 하겠지만 이들도 동기가 없는 것은 아니었다.

어떤 경로를 통해서라도 정보를 얻을 수는 있을 것이다.

문제는 그런 정보를 가지고 상수가 과연 무엇을 하려고 하는지를 모르기 때문에 나중에 자신들이 곤란해 질 수도 있다는 것이 문제였다.

"알겠습니다. 제가 알아보겠습니다, 이사님."

한 명이 그렇게 하겠다고 하자 다른 이들도 이내 바로 하겠다는 말을 하였다.

"저도 알아보겠습니다, 이사님."

특수부원들은 그렇게 한마음이 되어 상수의 지시를 이행하기 위해 바쁘게 움직이고 있었다.

그런 특수부의 행동은 금방 상부의 사람들에게 보고가 되었다.

밑에 있는 이들이 아무리 감추려고 해도 상부의 정보 라인을 속일 수는 없었다.

"이게 도대체 무슨 말이야?"

"특수부에서 우리가 그동안 하지 못했던 일들에 대해 정보를 알아내려고 하는 것이 혹시 다른 회사로 정보를 넘기려고 하는 것이 아닐까요?"

"그게 말이 된다고 하는 소리야?"

카베인의 상무는 지금 상수가 벌인 짓 때문에 골치가 아팠다.

이거는 생판 얼굴도 모르는 놈이 나타나서는 완전 개판을 만들고 있었기 때문이다.

"자네가 가지고 온 정보는 아직 어떤 것인지를 알 수가 없으니 다시 가서 정확하게 놈들이 무엇을 하려고 그러는 것이지를 알아봐."

상무의 지시에 남자는 바로 대답을 했다.

"알겠습니다, 상무님."

한편 피터슨 회장도 같은 보고를 받고 있었다.

"아니, 특수부가 왜 이런 정보를 얻으려고 하는가?"

"저도 자세히는 모르겠습니다. 특수부에서 무언가 계획을 가지고 움직이는 것 같은데 아직은 모르겠습니다."

이 말은 이미 특수부에 회장의 라인이 만들어져 있다는 것이다.

누구인지는 모르지만 말이다.

"정 이사가 무언가 생각이 있는 것 같은데 우선은 방해를 하지 못하게 하고 주시만 하고 있어."

"알겠습니다, 회장님."

카베인은 피터슨 회장이 절대적인 위치에 있기는 하지만 완전한 권력은 아니었다.

그런 회장의 반대 세력도 만만치 않은 힘을 가지고 있기 때문이다.

물론 아직은 회장의 힘이 강하기 때문에 숙이고 있지만 시간이 지나면 모르는 일이었다.

그렇게 카베인은 회장의 라인과 부회장의 라인으로 권력이 분산이 되어 있었다.

아직은 회장의 라인이 더 강력한 힘을 가지고 있어 피터슨 회장이 아직은 힘을 쓰고 있었다.

그렇게 두 세력은 카베인을 둘러싸고 오늘도 꿈틀거리고 있었다.

한편 상수는 특수부 직원들에게 그런 지시를 하고는 혼자 여러 가지를 생각하고 있었다.

"가서 과연 얼마나 많은 정보를 얻어올까?"

상수는 아직 회사에 아는 사람이 없어 자신은 움직여도 도움이 되지 않았기에 직원들에게 하라고 지시를 내린 것이다.

특수부의 직원들이 가지고 있는 이력을 보니 제법 오래 근무를 하였기에 나름 인맥들이 있을 것이고, 그런 인맥을 이용하여 저들이 과연 얼마나 많은 정보를 가지고 올 것인가 상수에게는 가장 중요한 문제였다.

카베인의 인물들이 해결을 하지 못하는 문제들을 집중적으로 조사하여 해결해 낸다면, 아마도 회사의 입장에서는 그런 상수를 만만하게 볼 수 없을 것이기 때문이다.

상수는 누구에게도 흔들리지 않는 그런 자리를 원하고 있었다.

아직 확실하게는 아니지만 대강 회사의 돌아가는 분위기는 파악을 하고 있었다.

그래서 자신은 그런 이들에게 휘둘리고 싶지 않았기에 새로운 세력을 만들려고 생각을 하고 있었다.

"내가 힘을 키우려면 결국 사람을 모아야 하는데 그냥 오라고 하면 올 사람이 없으니 결국 능력을 보여주고 그들이 나의 그늘에 오도록 만들어야 한다."

상수는 지금 회사에서 하지 못하는 것들을 처리하면서 회사에 근무하는 모든 이들에게 자신의 능력을 보여주고 그들을 자신의 사람으로 만들려고 하고 있었다.

능력이 있으면 사람을 모으기 쉬웠다.

인간은 누구나 능력이 있는 자의 곁에 있고 싶어 하기 때문이다.

그렇게 해야 무언가 떨어지는 것도 크기 때문이다.

상수는 이제 그런 진리를 알고 있어서 우선은 자신의 능력을 모든 이들에게 공개적으로 보여주기 위해 이런 짓을 하고 있는 것이다.

상수의 새로운 세력이 만들어질지는 모르지만 지금의 움직임으로 모두의 주목을 받고 있는 것은 사실이었다.

부회장의 세력은 상수를 회장의 라인으로 보고 있었고, 회장은 아직 자신의 사람은 아니지만 자신의 사람으로 만들려고 기회를 주고 있었기 때문이다.

그런 와중 한 직원이 상수에게 다가왔다.

"이사님, 여기 제가 가지고 온 정보입니다."

특수부에서 가장 인맥이 좋은 조나단이었다.

"오, 조나단이 가장 빠르게 정보를 얻었군요."

상수는 그렇게 대답을 하며 서류를 보았다.

그 안에는 카베인이 처리를 하지 못해 보류되어 있는 일들에 대한 정보들이었다.

조나단은 사실 회장의 라인에 속해 있는 인물이었다.

피터슨 회장은 상수가 원하는 것을 들어주고 무엇을 하려고 하는지 알기 위해 정보를 주었던 것이다.

상수는 조나단이 가지고 온 정보를 모두 검토하였다.

그런데 카베인이 실패한 업무들 중 눈에 뜨이는 것이 두 가지 있었다.

'흠, 이거는 계약이 아니지만 잘만 하면 성공할 수 있는 일인데 어째서 실패로 처리하였을까?'

성호는 지금 가장 좋은 정보는 바로 계약 건이었지만 굳이 계약이 아니라도 충분히 승산이 있다고 생각하고 있었다.

자신의 능력을 자각하기 시작하면서 생긴 자신감이었다.

"조나단 이 정보는 어디서 얻은 건가요?"

조나단은 상수의 질문에 속으로 뜨끔했지만 이미 준비를 했기 때문에 바로 대답을 했다.

"제 친구 중에 한 명이 있어서 얻은 것입니다."

"그래요? 인맥이 좋네요. 이런 정보를 얻을 정도면 말이에요."

"감사합니다, 이사님."

조나단은 자신이 가지고 온 정보를 보았지만 좋은 것이 있다는 말이 솔직히 이해가 가지 않았다.

자신이 보기에는 모두 실패한 것들이었기 때문이다.

상수는 조나단의 얼굴에 의문이 어려 있었지만, 우선은 다른 정보들을 보고 결정하기로 하였기에 말을 해주지 않았다.

*   *   *

특수부가 있는 사무실에 돌아온 직원들은 모두 파김치가 되었다.

하루 종일 정보를 얻기 위해 돌아 다녔지만 이들이 얻은 것이 별로 없어서였다.

"오늘 하루 동안 정보를 모은다고 다녔는데 얻은 것이 하나도 없으니 나에게 문제가 있는 거 아냐?"

"나도 그런데 뭘 그래."

이들은 나름 인맥을 총동원하고 다녔지만 이상하게 자신들에게 협조를 해주지 않아 애를 먹었다.

이는 부회장의 라인이 움직였기 때문이다.

부회장은 상수를 유혹하라는 지시를 내렸지만 실패를 했고, 이후 상수가 하려는 일들에 대해 확실하게 방해를 하고 있었기 때문이다.

상수는 아직 확실한 상황은 파악하지 못하고 있었지만, 대강 돌아가는 것은 파악할 수 있었다.

"흠, 내가 하는 일을 방해하려는 모양이네. 하지만 아무리 하려고 해도 나를 막지는 못할 거야."

상수는 실패를 한 것들을 모아 다시 시작할 생각이다.

한국지사에 근무하는 리처드에게 도움을 청해 그런 정보 정도는 바로 얻을 수 있었다.

단지 특수부의 직원들이 그냥 놀고 있으면 마음이 흐려지기 때문에 이들을 더욱 조이기 위해 이런 일을 하라고 지시를 내린 것이다.

상수는 대강 상황을 파악이 되자 이제는 본격적으로 움직일 생각을 했다.

아직 회장이 자신을 밀어주고 있으니 그런 그를 활용하는 것이 가장 좋은 방법이었다.

상수는 그런 생각을 하고는 바로 피터슨 회장을 찾아갔다.

"회장님, 정상수 이사가 찾아왔습니다."

"안으로 들어오라 하게."

상수는 회장실의 문을 열고 안으로 들어갔다.

"안녕하십니까, 회장님."

"요즘 특수부가 시끄럽다고 하는 이야기를 들었네. 무슨 일을 하려고 그러는 것인가?"

"일이 아니고 특수부의 사원들이 너무 편한 것 같아 마음을 조금 조이기 위해 지시를 내린 겁니다, 회장님."

피터슨은 상수의 말을 듣고는 입가에 미소를 지었다.

특수부가 생긴 지 이제 이틀이 되었다.

아직 업무가 배정이 되지 않아 한가하지만 일이 배정이 되고 나서는 절대 저런 말을 하지 못한다는 것을 알기에 웃은 것이다.

"특수부를 생각하는 마음이 좋아 보이네. 그런데 어쩐 일인가?"

"저희 특수부에는 언제부터 업무가 주어지는지 알고 싶어 오게 되었습니다. 그리고 한 가지 부탁을 드리기 위해서입니다."

"업무야 시간이 되면 자연적으로 갈 것이고, 부탁은 어떤 것인가?"

"우리 카베인의 계약 중 실패한 것들에 대한 보고서입니다. 그리고 다른 실패한 것들에 대한 정보도 얻을 수 있으면 주셨으면 합니다."

피터슨은 실패한 업무의 정보를 달라고 하니 이해가 가지 않았다.

실패를 해서 파기를 한 것도 있지만, 아직 보관하고 있는 것도 있었기 때문이다.

"도대체 실패한 보고서를 보려고 하는 이유가 무엇인가?"

피터슨 회장도 그 부분이 가장 궁금해서 물었다.

상수는 그런 피터슨에게 바로 대답을 해주었다.

"사람이 하는 일은 실패도 있고, 성공도 있다고 생각합니다. 저는 실패한 것을 먼저 보고 그 실패의 원인을 알아내서 저희 특수부는 그런 실패하지 않게 하려고 하는 겁니다."

피터슨은 상수의 말을 듣고 충분히 이해가 갔다.

저렇게 열정적으로 준비하고 대비하고 있으니 프로젝트도 성공하리라는 생각이 들었다.

"자네에게 그런 생각이 있다니 놀랍네. 비록 실패를 하였지만 아직 유효한 보고서들이 남아 있네. 크지 않은 것은 보여줄 수가 있으니 나중에 보내주겠네. 물론 일부의 자료는 보여줄 수 없는 것도 있지만 말일세."

피터슨은 모두 보여줄 수도 있지만 무언가 걸리는 것이 있어 그렇게 말을 하였다.

상수도 그런 피터슨의 생각을 읽고 있는지 회장의 말에 고개를 끄덕이고 있었다.

"회사의 기밀이라면 주지 않으셔도 됩니다. 저는 그냥 일반적인 것들만 보면 충분합니다, 회장님."

"알겠네. 내가 추려보고 전해주겠네."

"감사합니다, 회장님."

상수가 돌아가자 피터슨은 비서를 불러 간단하게 지시를 내렸다.

상수는 피터슨의 도움으로 카베인의 일들을 볼 수가 있었고 덕분에 많은 부분을 알 수가 있었다.

제10장 이용할 것은 이용하자

상수의 이런 행보는 부회장의 라인에 상수는 확실한 회장의 측근이라는 추측을 낳았다.

　반면 회장의 라인에서는 상수를 아군이라는 생각을 하게 만들고 있었다.

　그리하여 회장의 라인은 적극적으로 상수의 일을 도와주기 시작하자 그동안 지지부진했던 특수부의 업무가 본격적으로 내려지고 있었다.

　아직은 피터슨 회장의 입김이 강하게 작용하기 때문에 그런 피터슨의 눈치를 보고 있는 부회장의 라인으로선 그냥 보고만 있을 수밖에 없었다.

물론 그렇다고 상수가 회장의 라인에 완전히 속해 있는 것은 아니었다.

"이사님, 이런 업무도 우리 특수부에서 해야 하나요?"

캐서린은 하나의 서류를 가지고 질문을 하였다.

상수는 자신의 사무실을 가지 않고 요즘은 거의 특수부에서 생활을 하고 있었다.

덕분에 미셀도 특수부에서 덩달아 와서 업무를 보고 있게되어 원하는 일을 아주 신나게 할 수가 있게 되어 미셀은 힘들지만 행복한 하루하루였다.

상수가 먼저 받은 것이 아니라 미셀이 서류를 받아 상수에게 전해 주었다.

상수는 서류를 보고는 잠시 생각에 빠진 눈을 하고 있었다.

이때는 특수부의 모든 이들이 상수에게 말을 걸지 않았다.

무언가 생각을 하고 나서는 기상천외한 방법을 제시해 주기 때문이었다.

"캐서린, 이거는 어디서 온 것입니까?"

요즘 특수부는 각종 업무 때문에 아주 살판이 났다.

그동안 하지 못했던 업무를 한 번에 보고 있어 아주 죽을 맛이었지만, 상수는 그런 특수부원들을 달래가며 아주 효율적으로 업무를 처리하고 있었다.

"그거는 영업 3부에서 업무 협조를 바란다고 보낸 겁니다."

영업 3부는 확실한 부회장이 라인이었다.

그리고 서류에는 사우디의 계약이었는데 무려 일 년을 지지부진하고 있는 계약이었다.

그래서 영업 3부는 이번 계약에 특수부의 협조를 부탁한다고 하여 보낸 것이다.

말이 협조이지, 결국 특수부에서 알아서 하라는 말이었다.

영업부는 지금 특수부에 밀리고 있었는데 이는 직속 라인이 바로 상수였기 때문이었다.

"캐서린 이번 일에 대해 영업 3부에 가서 업무 이관을 해달라고 하세요. 이거는 업무 협조로 해결할 수 있는 부분이 아니니 말이에요."

"아니 이사님, 이런 일은 이미 시간이 오래 되어 계약하기 힘든 것이지 않나요? 만약에 우리 특수부가 실패하면 회사에서 이미지가 굉장히 좋지 않을 수도 있어요?"

캐서린은 이번 일에 대해 알아보았는데 해결의 실마리가 없어 보여 하는 소리였다.

하기는 그러니 자신들에게 협조를 구한다고 하며 넘어온 것이기는 하겠지만 말이다.

상수는 그런 걱정을 하는 캐서린을 보며 빙그레 웃어주

었다.

"캐서린은 그런 걱정하지 말고 가서 업무를 이관해 달라고 해보세요. 아마 바로 업무를 이관해 줄 겁니다. 그리고 나를 믿어봐요."

상수의 그 한마디가 캐서린에게는 무엇보다도 용기를 내게 하고 있었다.

캐서린은 요즘 상수를 보며 가슴이 이상하게 콩닥거리는 기분을 느끼고 있었다.

매일 이러면 안 되는데 하면서도 본인의 가슴은 그런 자신의 생각과는 다르게 떨리게 하고 있었다.

오늘도 상수가 믿어봐요라는 한마디에 자신은 바로 용기가 나고 변하는 것을 느끼고 있으니 캐서린은 속으로 한숨을 쉴 뿐이었다.

'휴우, 정말 이러면 안 되는데 자꾸 이사님만 보면 가슴이 떨리네.'

캐서린은 상수의 미소를 보면 자신도 모르게 얼굴이 붉어지고 있다는 사실은 이미 특수부직원이라면 모두가 알고 있는 일이었다.

"예, 이사님."

결국 캐서린은 대답을 하고는 돌아서게 되었다.

상수는 그런 캐서린을 보며 빙그레 웃어주었다.

상수는 특수부 직원들을 사실 예의주시하고 있었다.

이들 중에 분명히 두 라인의 심복이 있다고 믿고 있었기 때문이다.

아니면 아마도 나중에 매수가 되었거나 둘 중에 하나라고 보고 있는 상수였다.

하지만 걱정을 하지 않는 것이 시간이 지나면 그런 이들도 품에 안고 갈 생각이었다.

'아직은 우리 특수부의 힘이 미약하니 조금 더 기다려 봐요. 어느 힘을 가지게 되면 카베인에서 우리를 말릴 수 있는 존재는 없을 겁니다. 내가 그렇게 만들 겁니다.'

상수는 내심 그렇게 말을 하고 있었고 그런 생각을 하는 동안 상수의 눈은 강렬하게 빛이 나고 있었다.

미셸은 상수의 옆에 항상 자리를 지키고 있으면서 가끔 그렇게 강렬한 눈빛을 하는 상수를 보면 너무 멋져 보였다.

'어머, 우리 이사님 저런 눈빛을 하시면 너무 멋져 보이시는데…….'

미셸도 처음부터 좋은 인상을 받아 상수에 대한 좋은 이미지를 가지고 있었다.

그래서 그런지, 상수가 업무를 하는 보는 순간은 상수가 세상에서 가장 멋진 남자로 인정을 하고 있었다.

그리고 자신도 모르게 미셸의 마음이 점점 상수에게 빠져

들고 있었고 말이다.

아직은 그런 자신을 미셸도 모르고 있다는 것이 문제였지만 말이다.

상수가 캐서린에게 업무를 이관하라고 지시를 내린 이유는 바로 사우디와의 일이었기 때문이다.

상수는 사우디의 왕자와 인연을 가지고 있었다.

그렇다 보니 이 문제에 대하여 회사의 다른 사람들과는 다른 방식으로 접근할 수 있다고 생각한 것이다.

이미 알고 있는 얼굴을 다시 봐야 한다는 것이 조금 고역이기는 했지만 말이다.

'휴우, 그 이상한 호모를 다시 만나야 한다는 것은 정말 싫은데 말이야.'

상수는 사우디 왕자를 호모라고 여기고 있었다.

묘하게 그런 이미지를 주기는 했고, 호모는 아니라 해도 상수에게는 이상하게 그런 묘한 눈빛을 보였던 왕자다.

그러니 어쩔 수 없는 생리적 현상이었다.

어쨌거나 요즘은 특수부가 활기에 차 있는 것을 보니 상수도 기분이 좋았다.

이제부터는 특수부의 날개를 다는 일만 해결하면 누구도 특수부를 부러워하게 만들 수 있으리라.

그 날개의 시발점은 바로 영업 3부가 도움을 주겠다고 하니 상수는 입가에 알 수 없는 미소가 절로 지어졌다.

'어머, 남자……. 너무 매력적인 미소까지 가지고 계시네. 우리 이사님은 도대체 어떻게 저렇게 멋진 것만 가지고 계실까?'

한편, 미셸은 상수에게 호감을 가지게 되자 모든 것이 다 멋있어 보이는지 상수를 바라보는 시선이 자꾸만 달라지고 있었다.

여자에겐 치명적인 향기를 맡기도 했다, 사랑의 향을.

여자에게는 치명적인 위험을 유포하고 있는 향이지만 때로는 아주 좋은 약이기도 했다.

한편, 캐서린은 영업 3부로 가서 단판을 짓고 있었다.

"여기 이 업무는 차라리 이관을 해주세요. 그렇지 않으면 우리는 더 이상 협조할 수가 없어요."

"아니, 캐서린 그게 무슨 말이야? 협조를 할 수 없다니?"

"과장님도 생각해 보세요. 이게 무슨 협조예요? 차라리 그냥 거저 달라고 하세요."

캐서린도 만만치 않은 여자였기에 영업부 과장은 그런 캐서린을 보며 난감한 얼굴이 되고 말았다.

사실 이번 업무는 영업 3부에서는 거의 포기한 그런 업무였다.

그런 업무를 특수부에 가서 협조를 받으라고 지시가 내려왔기에 할 수 없이 그렇게 한 것인데 특수부에서 반발을 하고 나선 것이다.

특수부에서 협조를 거부한다면 결국 곤란해지는 것은 영업 3부다.

"휴우, 특수부에서 원하는 것이 협조가 아닌 이관이라는 말인가?"

"그래요. 우리는 이런 일에 협조할 생각이 없으니 차라리 이관을 해주세요. 그리고 이 문제는 우리 이사님이 그렇게 지시를 하신 겁니다."

캐서린은 상수를 들먹이며 과장에게 엄포를 놓고 있었다.

과장은 이사가 개입이 되었다고 하자 속으로 뜨끔했다.

일개 과장과 이사는 레벨이 다른 존재이기 때문이다.

"잠시 기다려 주게. 나도 보고는 해야 하지 않나."

"알았어요. 일이 해결이 되시면 특수부로 연락을 주세요."

캐서린이 바로 해결이 되는 문제가 아니기 때문에 그렇게 말을 하고는 돌아왔다.

캐서린은 돌아오면서 아주 통쾌한 기분이었다.

카베인은 전통적으로 영업부가 가지고 있는 힘이 상당했는데 그런 영업부에 가서 큰소리를 치고 왔다는 것은 그만큼 특수부도 이제는 힘을 가지기 시작했다는 말이었다.

물론 그 바탕에는 상수가 존재하기 때문에 가능하기는 했지만 어찌 되었든, 덕분에 특수부원들이 사내에서 어깨에 힘을 줄 수가 있다는 이야기였다.

아마도 내일이면 모두에게 알려지게 될 것이고 그로 인해 특수부는 선망의 눈초리를 받을 수 있을지도 모른다.

"이게 뭔가?"

"특수부에서 업무 협조는 불가능하니 차라리 업무를 이관해 달라고 합니다."

영업 3부의 부장은 지금 보고서를 작성하여 가지고 온 과장을 보며 열불이 나서 고함을 지르고 있었다.

"도대체 자네는 과장이라는 직함을 가지고 그동안 무엇을 한 건가? 이런 일도 제대로 처리를 하지 못하고 말이야?"

영업부장은 이번 지시를 부회장에게 직접 받았기에 최대한 빨리 처리하려고 하였던 것인데, 그걸 특수부가 제동을 걸어왔다.

사실 사우디의 계약은 거의 포기한 것이고, 사실상 물 건너갔다고 보는 게 맞은 프로젝트다.

그런 계약을 들고 협조를 해달라고 한 이유는 특수부를 물 먹이기 위한 일인데, 그런 일이 처음부터 이상하게 진행이 되니 부장이 화가 난 것이다.

'에이 빌어먹을! 지가 지시해 놓고, 이런 것을 왜 나더러 설거지하라 마라야?'

과장은 자신은 정말 잘못한 것이 하나도 없었다.

전부 부장이 지시로 벌어진 일이었고, 자신은 그저 중간에 전달만 하는 일을 하고 있었을 뿐이었다.

그런데 일이 이상하게 진행이 되자 모든 죄를 자신에게 있다고 몰아붙이니 속에서 열불이 난 것이다.

하지만 조직생활이라는 것이 화가 난다고 그렇게 할 수 있는 사람은 아무도 없었다.

"죄송합니다. 제가 해결해 보려고 하였지만 특수부에서는 이사가 직접 챙기는 바람에 제가 어떻게 할 수가 없었습니다."

그때 영업 부장의 눈빛이 빛났다.

"이사가 직접 일을 챙긴다고 했나?"

"예, 그렇게 들었습니다."

부장은 그 말을 듣고는 무언가 다른 계획이 생겼는지 입가에 묘한 미소가 생겼다.

"이사가 직접 챙겼다면 업무를 이관해 주게. 대신에 확실히 책임을 지겠다는 약속을 받도록 하게."

과장은 부장이 원하는 것이 무엇인지를 금방 파악할 수가 있었다.

'에이, 더러운 놈! 이런 치사한 일을 나에게 하라고 하는 거야?'

과장은 정말 치사하게 일을 꾸미는 부장이 마음에 들지 않았다.

하지만 어쩌겠는가 말이다.

자신은 여기서 나가면 가족들이 힘들게 되기 때문에 나갈 수가 없으니 말이다.

"알겠습니다. 약속을 받고 넘기겠습니다, 부장님."

"하하하, 이번 일은 잘 해결하면 같이 식사나 하세."

부장은 그렇게 말을 하고 있지만 눈동자가 묘하게 움직이고 있었다.

다음 날, 캐서린은 영업 3부에 도착해 있었다.

"여기 업무를 이관하기로 했지만, 하나는 약속을 해주어야 하네."

"예? 갑자기 무슨 약속을요?"

"다른 것이 아니라 업무를 이관하는 조건으로 반드시 이번 일을 해결하겠다는 약속이네. 만약에 특수부가 약속을 하지 않으면 이번 일은 없는 것으로 할 것이네."

캐서린은 과장이 하는 말을 듣고는 정말 어이가 없는 얼굴이 되고 말았다.

자신들이 해결하지 못해 협조해 달라고 한 걸 반드시 해결한다는 조건으로 이관하겠단다.

적반하장도 유분수인 그런 태도였다.

그렇다 보니 캐서린의 표정이 짜지는 것은 어쩔 수 없었다.

캐서린의 그런 이상한 눈빛에 과장은 솔직히 창피해 죽을 지경이었다.

이거는 정말 말 그대로 뻔뻔함의 극치를 보여주고 있었기 때문이다.

"아니, 과장님. 지금 그게 말이 된다고 생각하시고 하는 말인가요? 세상에 어떻게 자신들이 해결을 하지 못한 일을 약속까지 해달라는 말할 수가 있는 거지요?"

캐서린의 고함 소리에 주변에 있는 영업 3부의 직원들도 모두 듣게 되었다.

저들 중에 일부는 이번 일에 대해 어느 정도 알고 있지만 아직 알지 못하는 이들도 있었다.

하지만 캐서린 덕분에 모든 영업부 직원들이 알게 되었다.

상수는 사실 이번 일을 받게 되면 직원들의 시선이 집중이 되게 될 것을 짐작하고 추진하고 있었다.

아니, 그렇게 되기를 바라고 있다고 보아야 했다.

모든 이들이 힘들게 생각하는 문제를 특수부는 당당하게

해결을 했다고 소문이 나야 상수가 원하는 방향으로 일이 진행이 될 것이기 때문이다.

캐서린은 상수가 원하는 것에 대해서는 모르지만, 과장이 하는 말에 열불이 터지는 바람에 상수가 바라던 결과를 만들어내고 있었다.

"아니 캐서린, 그렇게 고함을 지르고 그러나. 조용히 이야기하세."

과장은 주변의 눈치를 보며 재빠르게 말을 했다.

"이것 보세요, 과장님. 지금 제가 열불이 나지 않게 생겼어요?"

캐서린은 과장이 달래기 시작하자 더욱 화를 내고 있었다.

결국 캐서린이 난리를 치는 바람에 이번 일은 영업부의 모든 이들이 알게 되었다.

내부적인 문제라 모두 쉬쉬하고는 있지만 아마도 영업부 이사와 특수부 이사의 파워 싸움을 다들 알아차린 게 분명했다.

캐서린은 정말 화가 났지만 남의 부서에 와서 계속 이러고 있을 수는 없는 일이었기에 마음을 진정시키고 과장을 보았다.

"휴우, 과장님 저희가 어떻게 해드리면 되는 건가요?"

캐서린은 오면서 상수에게 이미 이번 일에 대해 이야기를 들은 바가 사실 존재했다.

사우디의 계약은 자신이 가면 무조건 해결이 되니 최대한 큰소리를 치고 가지고 오라는 지시를 말이다.

캐서린도 가서 큰소리를 치는 일이라 기분은 좋았지만, 정말 상수가 해결을 할지는 미지수였고 은근히 걱정이 되었다.

하지만 지시는 지시였기에 자신이 그동안 쌓여 있던 감정들을 오늘 모두 시원하게 풀고 있었다.

"나는 다른 것이 없고 특수부에서 해결을 책임지겠다는 약속만 해주면 되네."

결국 캐서린은 과장에게 그런 약속을 하게 되었다.

"알겠어요. 우리 특수부를 제가 책임질 수는 없지만 그런 약속을 하겠어요. 이제 되었나요?"

원래는 상수가 책임을 져야 하는 일이지만 일개 과장인 자신이 감히 그런 짓을 했다가는 나중에 감당이 되지 않았기에 그냥 캐서린의 약속만 받고 업무를 이관하기로 하였다.

"약속을 하였으니 바로 이관을 하지."

과장은 캐서린과 더 이상 얼굴을 대하고 싶지 않았기에 빠르게 업무를 이관해 주기로 하였다.

어찌 되었든 영업 3부로서는 하나의 업무를 포기하고 다른 부서로 주게 되었다.

물론 내부적으로 거의 포기한 일이었기 때문이지만 말이다.

캐서린이 업무를 이관해서 돌아오니 상수는 그런 캐서린을 보고 칭찬을 해주었다.

"캐서린, 아주 잘했어요. 이번 일로 인해 우리 특수부에 대한 소문이 나게 생겼으니 말입니다."

상수는 캐서린이 가서 제대로 난리를 피웠다는 것에 아주 기분이 좋았다.

하지만 캐서린은 이번에 지랄을 했지만, 한편으로는 만약에 해결을 하지 못하면 특수부의 이미지가 아주 제대로 역을 먹을 수도 있다는 생각이 들어 얼굴이 그리 좋지는 않았다.

"이사님 업무를 받아오기는 했지만 과연 잘될 수 있을까요?"

캐서린이 걱정스러운 얼굴을 하며 물었다.

"하하하, 걱정하지 말아요. 이번 일은 우리가 반드시 해결을 하게 됩니다. 그리고 캐서린은 바로 출장을 준비하세요. 사우디로 가야겠어요."

상수가 사우디로 출장을 간다고 하니 캐서린은 어리둥절한 얼굴이 되었다.

"아니, 무슨 출장을 준비도 없이 그냥 간다는 말씀이세요?"

"하하하, 이미 준비를 하였으니 캐서린은 그냥 여행 준비만 하세요. 이번 출장은 캐서린과 미셸, 그리고 나 이렇게 세 명만 가는 겁니다."

상수의 말에 캐서린은 가슴이 심하게 두근거리기 시작했다.

미셸이 함께 가기는 하지만 상수와 자신이 간다는 생각에 자신도 모르게 가슴이 두근거렸다.

캐서린은 얼굴이 갑자기 붉어지며 고개를 숙이며 대답을 하고 있었다.

"예, 이사님."

캐서린의 반응과는 다르게 상수는 지금 혼자만의 생각을 하고 있어서 그런 캐서린을 보지 못했다.

이렇게 해서, 특수부가 영업 3부의 업무를 이관받은 사실은 카베인의 직원들이 모두 알게 되었다.

이는 상수도 원하는 일이었지만 부회장의 라인이 소문을 내서 더욱 빠르게 퍼지게 되었다.

덕분에 피터슨 회장도 소문을 듣게 되었고 말이다.

꽝!

"감히 내가 키우는 사람에게 해를 입히려고 한다는 말이지?"

피터슨 회장은 상수를 키워 자신의 권력을 더욱 강하게 하려고 하고 있었다.

하지만 이번 일은 피터슨 회장이 개입할 수가 없는 것이, 이미 특수부에서는 업무를 이관받은 상황이기에 그랬다.

피터슨은 이번 일을 보고 확실히 마음의 결정을 내리게 되었다.

"좋아, 도전을 해온다면 받아주어야겠지. 기대하게나."

피터슨은 모종의 결심을 하게 되었다.

카베인은 피터슨이 회장이 되면서 엄청난 성장을 하게 되어 피터슨의 힘이 더욱 강해지고 있었고, 그런 피터슨을 견제하기 위해 이사회에서는 부회장인 맥스를 지원하면서 지금의 구조가 만들어졌다.

처음에는 둘이 비슷한 세력이었지만, 지금은 회장의 세력이 조금 더 강한 힘을 가지고 있었다.

피터슨은 맥스와 싸우면 결국 둘 다 손해라는 것을 서로 알기에 어지간한 일에는 그냥 넘어가고 있었다.

거기에 더해 자신의 힘이 강했기 때문에 참을 수 있었던 것이다.

그런데 본격적으로 키워보고 싶은 상수에게 해를 입히는 것을 보니 도저히 더 이상은 참을 수가 없게 되었던 것이다.

피터슨의 결심이 무엇인지는 모르지만 그로 인해 부회장

인 맥스에게 어떤 일이 생길지는 모르는 일이었다.

*　　　*　　　*

상수는 이런 상황을 모르고 바로 사우디로 출장을 가고 있었다.

"이사님, 우리 정말 이대로 가도 되는 거예요?"

"캐서린 걱정하지 마요. 우리는 그냥 편하게 가서 쉬고 오면 됩니다."

상수의 대답에 캐서린은 의문이 가득한 눈빛을 하며 상수만 보았다.

그리고 상수의 오른쪽에는 미셸이 아름다움을 자랑하며 상수를 초롱초롱한 눈빛으로 보고 있었다.

물론 미모로 따지면 미셸이 더했지만 캐서린도 상당한 미모를 가지고 있는 여성이었다.

상수는 그렇게 양쪽으로 미녀를 대동하고 사우디로 가고 있었다.

사실 상수는 어제 사우디로 출발하기 전, 사우디의 왕자에게 연락을 하였다.

드드드.

"여보세요?"

왕자는 자신의 직통 라인으로 전화가 오자 바로 받았다.

"왕자님 안녕하십니까? 한국의 정상수입니다."

상수가 이름을 말하자 왕자는 그런 상수를 기억하고 있는지 바로 기억을 했다.

"오우, 미스터 정. 반갑습니다. 정말 보고 싶었습니다."

상수는 왕자가 저런 말을 해서 호모라고 생각을 하고 있었는데 또 그 소리를 듣자 사우디 출장을 포기해야 하는 생각이 문득 들었다.

이토록 이상할 정도로 생리적으로 사람이 맞지 않는 경우는 드문데, 스스로 생각해도 이상한 상수였다.

'아, 진짜 사우디를 가지 말까……? 호모랑 이야기는 정말 하기 싫은데…….'

상수는 왕자와 대화를 하면 이상하게 느끼한 느낌을 받아 등골이 오싹한 기분이 들었다.

하지만 접대는 접대고, 영업은 영업이었다.

"왕자님의 호의는 언제나 저를 힘들게 하는군요."

"하하하, 그만큼 미스터 정을 생각한다는 말이지요."

왕자는 원래 자신이 원하는 사람에게는 최대한 저렇게 부드럽게 대해 자신의 사람으로 만들려고 하였다.

"그렇게 말씀을 해주시니 정말 감사합니다. 오늘 제가 연락을 드린 이유가 있습니다."

상수는 그러면서 카베인의 계약에 대한 이야기를 시작했
다.

사우디 왕자는 계약에 대한 이야기를 모두 듣고는 입을 열
었다.

"흠, 그러면 이번 계약은 미스터 정이 다시 하기로 한 건가
요?"

"그렇습니다. 저도 이제 본사의 이사로 승진하게 되었습니
다, 왕자님."

"오, 축하합니다, 미스터 정."

왕자는 상수를 처음 보았을 때부터 상수가 크게 성공할 인
물이라고 생각하고 있어 상수와 연을 만들어 두기 위해 명함
을 주었던 것이다.

하지만 이렇게 빨리 이사로 승진할 것을 짐작하지 못했기
에 속으로는 상당히 놀라고 있었다.

'상당한 능력을 가지고 있다는 것은 알았지만 저토록 빠르
게 진급을 할 줄은 몰랐군. 그때 무슨 수를 써서라도 데리고
오는 것인데 실수했어.'

왕자는 그런 생각을 하며 아깝다는 듯한 표정을 지었다.

"내일 제가 사우디로 가게 되었는데 왕자님이 시간이 되시
면 한번 뵈었으면 합니다."

"미스터 정이라면 언제든지 시간을 내지요. 공항으로 사람을 보내지요."

왕자가 공항에 사람을 보낸다는 말은 결국 상수를 초대하겠다는 뜻이었다.

상수도 그런 왕자의 성의에 고마움을 느꼈다.

"감사합니다, 왕자님."

상수는 길게 인사를 하는 것보다는 이렇게 하는 것이 상대에게 더욱 호감을 준다는 것을 알았다.

이미 자신에게 호감을 가지고 있는 왕자였기에 자잘한 말을 할 필요가 없었기 때문이다.

어쨌거나 어제 그렇게 왕자와 통화를 마친 상수는 지금 비행기를 타고 가는 중이었다.

사우디아라비아로!

비행기의 좌석에 양쪽은 미녀들이 중앙에는 상수가 앉아가고 있었다.

처음에는 여자들끼리 앉으라고 하였는데 두 미녀가 다 반대를 하여 결국 이렇게 합의를 보게 되었다.

상수는 미녀들의 관심을 받으며 가고 있었지만 한편으로는 그녀들의 관심을 듬뿍 받고 있었다.

"이사님은 아직 결혼을 하지 않으셨나요?"

"예, 아직 미혼입니다."

"그러면 지금 사귀는 여자는 있나요?"

미셸의 질문에 상수는 잠시 생각을 했다.

자신이 미영과 사귀자고 하였지만 언제부터인가 연락이 하지 않는 미영이었다.

그런데 과연 사귀고 있다고 생각해야 하나라는 의문이었다.

결국 상수는 미영은 아니라는 생각을 하게 되었다.

"전에는 있었던 것 같은데, 지금은 없군요."

미셸은 상수의 대답에 이미 마음에서 여자를 정리했다는 것을 느꼈고 눈빛이 빛났다.

"이사님같이 멋진 분과 헤어진 분은 정말 누구인지 궁금해지네요."

미셸의 솔직한 심정이었다.

하지만 그 말을 듣고 있는 상수는 입가에 씁쓸한 미소가 생기고 있었다.

두 여자는 그런 상수를 보며 아직은 완전히 잊은 것이 아니라는 생각이 들었다.

그러면서 두 여자는 똑같은 상상을 하고 있었다.

'나도 이사님의 마음속에 들어갈 수가 있을까?'

두 여자는 그런 상상을 하며 즐거움과 행복감을 만끽하고 있었지만, 그런 그녀들로 인해 상수는 불편하기만 했다.

여자들의 관심이 좋기는 하지만 한편으로는 남들의 눈치를 봐야 했기 때문이다.

양측에 여자 둘을 데리고 다니니 남들이 보기에 바람둥이로 보이는 모양이었다.

제11장 왕자와 다시 만나다

상수가 공항에 도착을 하여 공항 밖으로 나오니 마중을 나온 사람이 상수를 불렀다.

"미스터 정, 여기입니다."

손을 흔들며 인사를 하는 사람은 한국에서 왕자와 함께 있었던 남자였다.

이름은 기억이 나지 않지만 얼굴은 기억이 났다.

하기는 그 당시에 수행원들과 인사를 할 겨를도 없었다.

왕자가 자신을 잡고 이야기를 한다고 다른 이들과 이야기를 할 시간이 없었기 때문이다.

상수는 우선 마중을 나온 이에게 다가가서 인사를 했다.

"반갑습니다. 얼굴은 기억하는데 이름을 모르겠군요."

남자는 상수의 말에 빙그레 미소를 지으며 자신의 이름을 이야기해 주었다.

"그냥 편하게 라이라고 부르세요. 왕자님도 그렇게 부릅니다."

"아, 그렇군요. 아무튼 이렇게 마중을 나와 주셔서 고맙습니다. 라이 씨."

"아닙니다. 저는 왕자님의 지시를 따라나온 겁니다. 차는 저쪽에 있으니 가시지요."

"예, 가시죠."

상수가 사우디로 오면서 전화를 하였다고 하여 궁금했는데, 미셸과 캐서린은 그 사람이 설마 사우디의 왕자일 것이라고는 정말 상상도 하지 못했다.

'도대체 우리 이사님 정체가 뭐지?

'설마 사우디의 왕자님이 친구였어?

둘은 상수가 사우디 왕자의 초대를 받아간다는 생각은 하지 못하고 있었다.

상수와 일행은 차를 타고 왕자의 궁이 있는 곳으로 이동을 시작했다.

한참을 가니 사우디 왕자의 궁이 보였다.

"저기가 왕자님이 계시는 궁입니다."

상수는 외국으로 나와 처음으로 보는 궁이었다.

중세의 웅장함과 현대의 세련미를 동시에 가지고 있는 아름다운 궁이었다.

"왕자님이 조화를 중시하는 것 같군요."

상수는 그냥 지나가는 말투로 말을 하였지만 라이는 그 말에 상수가 보통의 인물이 아니라는 것을 알았다.

'역시 우리 왕자님이 안목이 높으시네. 저런 인물인지 어떻게 아시고 친분을 만들었으니 말이야.'

라이는 상수가 하는 한마디를 듣고는 상수가 상당한 거물이 될 것이라고 확신했다.

그리고 그런 상수를 단번에 보고 친분을 가지려고 하였던 왕자에게 더욱 충심이 생기고 있었다.

궁의 입구에는 삼엄한 경비를 서고 있었는데 라이가 차창을 열고 있으니 바로 안으로 통과가 되었다.

이들도 오늘 라이가 왕자님의 손님을 모시러 갔다는 말을 들었기 때문이다.

상수는 왕자궁에 도착하여 방을 먼저 배정을 받았다.

"여기서 지내시면 됩니다. 왕자님이 특별히 신경을 쓰신 방이니 크게 불편하지는 않을 겁니다. 미스터 정."

라이의 말과는 달리 상수는 엄청난 크기의 방을 보고 놀라고 있었다.

이거는 방이 아니라 무슨 집이라고 해도 과언이 아니었기 때문이다.

방이 하나만 있는 것이 아니라 그 안에는 모두 세 개의 방이 있었고 욕실도 두 개나 따로 있는 대형의 숙소였다.

상수는 속으로는 놀랐지만 쪽팔리게 그런 내색을 할 수는 없었다.

"왕자님의 세심한 배려에 감사를 드립니다, 라이 씨."

"여기서는 그냥 라이라고 불러주세요. 그리고 한 가지 알아야 할 것이 있습니다. 왕자님을 만나러 가실 때 저기 계시는 여자분들은 가실 수가 없습니다. 그 점은 미스터 정이 이해를 해주시기 바랍니다."

미셸과 캐서린은 왕자와 인사하지 못하는 것이 아쉽기는 했지만, 사우디에서는 여자들이 그리 대접을 받지 못한다는 것을 이미 알고 있기에 인정하고 있었다.

물론 상수가 있어 이들이 지금 엄청난 대접을 받고 있다는 사실을 아직 모르고 있었다.

상수는 두 미녀에게 미안한 표정을 지으며 라이를 보고 말했다.

"알겠습니다. 왕자님은 저 혼자 가서 인사를 드리겠습니다."

"저의 말에 따라주어 고맙습니다. 미스터 정."

라이는 그렇게 말을 하고는 갑자기 박수를 쳤다.

짝짝

두 번의 박수를 치니 문이 열리면서 세 명의 여자가 들어왔다.

"혹시 필요하신 것이 있으면 저처럼 박수를 치시면 이들이 가지고 올 겁니다. 그리고 목욕을 하실 때도 시중을 들어 드리니 미스터 정은 편하게 지내시기 바랍니다. 앞으로 세 시간 후에 모시러 오겠습니다."

상수는 목욕도 시중을 든다고 하니 눈빛이 빛났다.

하지만 상수는 한 가지 실수한 것이 있었는데 지금 자신의 옆에 있는 두 미녀가 자신을 주시하고 있다는 것을 말이다.

'흥! 여자들이 시중을 들어준다고 하니 눈빛이 빛나는 거 봐. 역시 남자들은 믿을 수가 없어.'

캐서린은 그렇게 생각했고 미셸은 달랐다.

'이사님이 시중을 든다고 하니 빛이 나는 것을 보니 그런 것을 즐기시는 걸까? 그런 일은 나도 할 수 있는데……'

둘은 생각이 달랐지만 상수에게 은근히 마음이 있다는 것은 사실이었다.

상수는 라이의 말에 눈빛이 빛낸 이유는 다른 이유가 있어서였다.

시중이 아니라 여자들 중에 한 명이 사우디의 여자가 아니라 중동인이 아닌 극동양인이었기 때문이다.

세 명의 여자들 중에 유일하게 그녀에 대해 상수는 상당히 신기해하며 눈빛을 빛냈다.

'중동 계통의 여자가 아니군……. 신기한 걸?'

상수는 그런 생각을 하며 라이를 보았다.

"고맙습니다. 그러면 준비를 하고 기다리고 있겠습니다."

"예, 그럼 편히 쉬십시오. 시간이 되면 오겠습니다."

라이는 왕자와 만나는 시간이 되면 오겠다고 하고는 조용히 물러갔다.

라이가 가면서 세 명의 여자도 다시 문을 열고 사라졌다.

모두가 사라지고 없자 캐서린은 상수를 보며 물었다.

"이사님, 여자들이 단체로 목욕 시중을 들어준다고 하니 좋으시겠어요?"

상수는 이게 무슨 소리인지 아직 감을 잡지 못해서 캐서린을 그냥 보고만 있었다.

캐서린은 상수의 눈 속에 의문이 서려 있어 속으로 자신이 실수하였다는 것을 깨달았다.

'헉! 내가 잘못 알고 있었던 거네. 아이 어떻게 하지? 이사님이 오해를 하시면 어떻게 해. 정말 창피해 죽겠네.'

캐서린은 상수의 눈빛이 빛나는 바람에 질투가 나서 한 말이었지만 이미 말이 나왔기에 창피한 생각이 들었다.

그러나 이미 한 말이라도 일어난 일은 수습을 해야 했다.

"이사님, 죄송합니다. 제가 실수를 하였습니다."

캐서린은 자신의 실수를 바로 사과를 하였다.

상수는 캐서린이 혼자 북 치고 장구 치는 것을 보며 이해를 하지 못했다.

'아니, 내가 뭘 어쨌다고 저러는 거지? 그리고 갑자기 사과는 왜 하는 거야?'

상수는 속으로 이유를 몰라 궁금했지만 일단 무언지 모르지만 여자가 사과를 하는데 가만히 있을 수는 없었기에 한마디를 하였다.

"캐서린, 우리는 여기에 업무를 보러 온 겁니다. 주변의 시선을 생각하고 조심해야 합니다. 여기는 미국이 아닌 사우디라는 것을 명심하세요. 그리고 사과는 받아들이겠습니다."

상수 딴에는 멋있게 한다고 한 말이었지만 캐서린의 입장에서는 망치로 두들겨 맞은 기분이 되게 하였다.

'아, 역시 이사님에게 나는 없었던 거야. 나는 혼자 이사님을 좋아한 것이었구나.'

캐서린은 상수가 함께 출장을 가자고 하여 상수도 속으로는 자신을 조금 생각하고 있다고 생각하고 있었다.

이는 캐서린의 착각에 불과했다.

캐서린은 자신이 좋아하는 마음이 있으니 상수가 무슨 말을 해도 무조건 좋게만 받아들이게 되었기 때문에 상수의 말로 인해 그런 오해를 한 것이다.

그런데 상수가 업무 때문에 온 것이라는 말로 주의를 주자 캐서린의 환상은 그대로 부서지고 말았다.

하지만 캐서린의 그런 실수로 인해 이득을 보는 사람이 생겼다.

바로 미셸이었다.

미셸은 캐서린과 비슷한 생각을 하고 있다가 상수가 캐서린에게 하는 말을 듣고는 속으로 다행이라는 생각을 하고 있었다.

'다행이다. 내가 먼저 말을 했으면 무슨 창피야.'

상수는 두 여자가 그런 생각을 하고 있는지도 모르고 왕자와 이야기를 어떻게 풀어나갈지를 고민하기 시작했다.

오늘 자신이 사우디에 온 이유는 바로 계약 때문이었고 지금은 다른 것에 신경을 쓸 시간이 없었다.

조금만 있으면 왕자를 만나게 되니 자연스럽게 왕자에게 다가갈 준비를 해야 했다.

"캐서린 준비한 서류를 주세요. 제가 혼자 가야 하니 제가 가지고 갈게요."

"예, 이사님."

캐서린 창피한 마음은 사라지지 않았지만 일은 일이었다.

캐서린이 서류가 담긴 가방을 상수에게 주자 상수는 가방을 열어 안의 내용을 세심하게 살펴보기 시작했다.

오면서 내내 생각을 하였지만 지금 마지막 결정을 내려야 했기 때문이다.

상수가 깊은 생각에 빠져 있는 동안 두 미녀는 그런 상수를 몽롱한 시선으로 보고만 있었다.

남자가 일에 집중을 하고 있는 모습이 저처럼 멋지게 보이는 것을 이들은 오늘 처음 알게 되었다.

'아, 정말 멋지시다.'

'역시 이사님은 저렇게 집중을 하시면 폼이 나와.'

두 여자는 그렇게 생각을 하고 있었다.

상수는 드디어 결심을 하였는지 고개를 들었다.

상수가 고개를 드는 순간에 두 여자는 얼른 고개를 숙이고 있었다.

자신이 반한 감정을 숨기기 위해서였다.

"미셸과 캐서린은 내가 왕자님과 이야기하는 동안 충분히 쉬고 있어요. 지금은 내가 먼저 씻고 나올게요."

"예, 이사님."

상수는 그렇게 말을 하고는 자신의 가방에서 옷가지를 꺼내 욕실이 있는 곳으로 갔다.

상수가 욕실로 들어가자 미셸은 함께 들어가고 싶은 마음을 참고 있었다.

'내가 해드리고 싶었는데……'

상수는 욕실로 들어가니 다른 문이 열리며 안으로 들어오는 여인들이 있었다.

바로 아까의 세 여인이었다.

그런데 이들은 모두 안에 보이는 옷을 입고 있어 상수의 눈을 호강하게 해주고 있었다.

'헐, 저렇게 입고 있으면 차라리 벗는 것이 좋겠다.'

상수는 사우디의 풍습을 조금 알기에 지금 이들이 왜 들어왔는지를 알고 있었다.

그리고 지금 자신이 이들을 거절하게 되면 이들은 궁에서 나가게 되어 지금의 삶과는 다르게 비참하게 살아가게 된다는 것을 알기에 거절할 수 없었다.

물론 그렇다고 이들과 관계를 가지는 것은 아니었다.

상수는 그렇게 생각을 하고 이들의 시중을 받으며 몸을 씻었다.

상수는 자신의 옷을 입으려고 하였지만 동양의 여인은 그런 상수의 손을 잡고 고개를 흔들었다.

그러더니 여인은 다른 옷을 주었는데 바로 사우디의 전통 의상이었다.

여인들은 상수가 전통 의상을 입을 수 있게 도와주었다.

상수는 동양의 여인에게 호기심이 생겨 입을 열었다.

"당신은 사우디 사람이 아닌데 어느 나라 사람입니까?"

"저는 대만 사람입니다."

상수는 대만이라는 나라를 알고 있었다.

결국 중국인이라는 말이었다.

"흠, 그런데 어떻게 사우디에 살게 되었는지 알 수 있나요?"

여자는 상수의 말에 무언가 망설이는 눈빛을 하고 있었다.

아마도 그런 내부적인 사정에 대해서는 말을 하지 못하게 교육을 받고 있는 모양이었다.

상수는 여자를 곤란하게 하고 싶지는 않았다.

"아, 그냥 궁금해서 그런 것이니 말을 하지 않아도 됩니다."

상수의 이어지는 말에 여인은 안도의 얼굴을 하며 상수를 보았다.

"죄송합니다."

"아닙니다. 그냥 궁금해서 던진 말이니 신경 쓰지 마세요."

상수는 그렇게 말을 하고 여인을 보았지만 확실히 동양의 여인들이 작지만 몸매가 더 좋다는 생각이 들었다.

상수는 그런 생각을 하며 욕실을 나왔다.

이제 왕자를 만나러 갈 시간이 되었다.

욕실을 나오는 상수의 옷이 사우디 전통의 의상으로 바뀌어 있는 것을 본 캐서린의 눈에는 또다시 질투의 화신이 자라기 시작했다.

이상하게 캐서린은 자신이 아닌 다른 여인이 상수에게 다가가는 것에 민감하게 반응하고 있었다.

캐서린은 자신이 지금 상수를 은근히 짝사랑을 하고 있다는 사실을 아직도 모르고 있었다.

상수의 입장에서는 행복한 것인지 골치가 아픈 것인지는 모르겠지만 말이다.

"이사님 의상이 아주 멋지세요."

미셸은 상수를 보며 눈 속에 하트를 그리며 칭찬을 하고 있었다.

"하하하, 고마워요. 미셸. 그런데 캐서린은 얼굴이 왜 그래요? 화난 일이 있나요?"

미셸과 캐서린의 반응이 달라 이상하게 느낀 상수였다.

"아니에요. 그냥 몸이 좀 피곤해서 그런 것 같아요."

캐서린은 질투 때문이라는 말은 죽어도 못하니 몸이 좋지 않다고 했다.

"아, 캐서린 아프지 마세요. 저처럼 목욕을 하시고 푹 쉬세요. 약이 필요하면 말을 하시고요."

상수는 다정하게 캐서린을 챙겨주었다.

그때 문을 노크하는 소리가 들렸다.

똑똑.

"들어오세요."

상수의 대답에 라이가 문을 열고 안으로 들어오고 있었다.

라이는 상수가 사우디 전통이 의상을 입었는데 아주 잘 어울려서 자신도 모르게 감탄이 나왔다.

"오, 미스터 정은 우리 고유의 의상이 정말 잘 어울리는군요. 마치 현지인 같은 느낌이 듭니다."

라이의 칭찬에 상수는 조금 쑥스러웠는지 어색한 웃음으로 때웠다.

"고맙습니다. 어울린다고 해주니 자주 입어야겠습니다, 라이."

"하하하, 제가 한 말은 진심이니 오해는 하지 마세요."

라이는 진짜로 의상이 상수에게 어울린다고 생각이 들었다.

"아무튼 그렇게 말을 들으니 왕자님과 만남에서 실수한 것은 없는 것 같습니다."

일국의 왕자와 만나는 것이라 의상도 그 나라의 의상을 입어 최선을 다하고 있다는 모습을 보여주려고 하였다.

물론 의상은 사실 여인들이 미리 준비를 하여 입게 된 것이지만 말이다.

"자, 그럼 나가실까요?"

"예, 가지요."

상수는 왕자가 오늘 자신을 만나는 자리에 만찬을 연다고 들었다.

지금이면 왕자의 측근들은 모두 모여 있을 것이고, 자신은 그런 그들을 만나 새롭게 인연을 만들어 나가야 했기 때문에 나름 마음의 준비를 하고 있었다.

'여기서 무조건 승부를 본다.'

상수는 그렇게 생각을 하고 라이를 따라 걸어가고 있었다.

상수의 이런 결심이 어떤 결과를 가지고 올지는 모르지만 이 결심으로 인해 상수는 새로운 인생을 살게 될 것이다.

『덤비지마!』 4권에 계속…

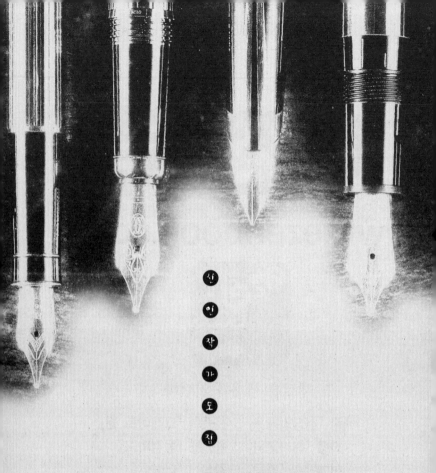

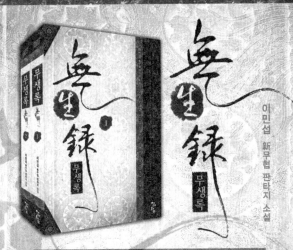

이민섭 新무협 판타지 소설

죽지 못하는 자는 살지 못하는 것과 같다.
그래서 그는 스스로를 무생(無生)이라 부른다.

은퇴한 기인들의 마을, 득도촌
그곳에서 가장 기이한 자는…
은거기인들마저 놀라게 하는 한 명의 청년

"그 무엇도 궁금해하지 말 것!"

부엌칼로 태산을 가르고,
곡괭이질로 산을 뚫는 자, **무생!**

흘러 들어온 **남궁가의 인연**으로,
죽지 못해서 살아온 그가
이제 죽기 위해 무림으로 나선다.

살지 못한 자가 비로소 살게 되었을 때
천하가 오롯이 그의 것이 되리라!

Book Publishing CHUNGEORAM

윤회의 이념 자유추구
WWW.chungeoram.com

FUSION FANTASTIC STORY
천성민 장편 소설

짐승의 규칙

『무결도왕』 『다크로드 블리츠』
천성민 작가의 신간!

『짐승의 규칙』

살아야만 했다.
나를 위해 희생당한 부모님을 위해.
복수를 위해.

죽어야만 했다.
내가 살기 위해 타인의 목숨을.

그렇게……
나는 짐승이 되었다.

Book Publishing CHUNGEORAM

유행이 아닌 자유추구 -
WWW.chungeoram.com

FANTASY FRONTIER SPIRIT

이충민 판타지 장편 소설

Mighty Warrior
영웅병사

복수를 다짐한 소년 병사,
붉은 제국을 향해 깃발을 세운다.

『영웅병사』

평온한 유년 시절을 보내던 비첼,
어느 날, 붉은 제국의 깃발 아래에 사랑하는 가족을 빼앗기고 만다.

"도끼… 도끼라면 다룰 줄 압니다."

병사가 되고자 참가한 전쟁에서 소년은 점점 영웅이 되어 간다!

쓰러져가는 아버지의 등을 억하며,
아직 어린 소년으로서 도끼를 들고 붉은 제국과 싸우 위해 일어선다.

제국과의 전쟁에 스스로 뛰어든 소년,
병사 비첼 악센트.
이것이 영웅 탄생의 시작이다!

Book Publishing CHUNGEORAM

ⓒ 청어람 어린 사이버무
WWW.chungeoram.com